犬

クラフト・エヴィング商會
川端康成／幸田　文他

中央公論新社

はじめに

これは、懐かしい犬の本であります。

今からおよそ五十年前、昭和二十九年に中央公論社より発行された『犬』という小さな本を、このたび少しばかりアレンジして作りなおしてみました。愉快なおまけも付いております。

なかなか珍しい本でありまして、古本屋の親父さんも「うむ。あまり見ないね」とニコニコしております。ニコニコしてしまうのは、これがとても良い本だからでしょう。本当に本当に良い本は、読んだ人がなかなか手放さないので、古本屋の親父さんも「見ないね」なのであります。貴重であります。そして、ひとたびお読みいただければ、きっと貴方もまた手放せなくなることでしょう。なぜなら、この本に登場するさまざまな犬たち、その名もジュジュ、テル、ポチ、あか、クマ、トム公……等々、いずれも本の中で息をし、走り、うずくまり、吠え、鳴き、そして静かに空など見上げるのであります。黙って、主人のあとに従うのであります。

じつに愛おしい犬たちであります。少しばかり頭の悪い犬や、行儀のよろしくない犬、つい喧嘩をしてしまう犬などもおりますが、やはりどこか愛おしい犬たちであります。

そしてどこか哀しい犬たちでもあります。

そしてそして、これらの犬をめぐる「愛」と「哀」を、九人の輝かしき名手たちが、それぞれの思いをこめ、それぞれの名文を綴っております。正確に申し上げれば、輝かしき名手たちが、ときに名手であることも忘れ、驚くほどまっすぐな文章を披露しております。それはひとえに、この懐かしき犬たちが、皆、まっすぐに生きていたからでありましょう。

目次

カバー・本文デザイン　吉田浩美・吉田篤弘
（クラフト・エヴィング商會）

犬

赤毛の犬

阿部知二

「……彼は私にたずねました。もし私が彼の妹であつたとすれば、私は彼のような兄といつまでも一緒に居たいと思うであろうか、と。私は、きつとそう思うにちがいありませんわ、と答えました。すると彼は、もし彼がここを離れて遠い地に行くとすれば、私は悲しむだろうか、とたずねました。私はコルネイユの本を落しました。答える力がなかつたのです……」

川木はそこまで記してペンを置き、煙草に火をつけ、窓の外を眺めた。夏の午後の光が、まばらな木立と、その向うの空地の雑草のむれの上に流れていた。空地では、近所の子供たちが数人、いつものように遊んでいる。その向うの低い崖の上の、樹木の茂に半ば隠れた白い小さなアパートの窓のいくつかが、日光に眩しくきらめいていた。ちようど去年のこんな日にこの下宿に引越してきた、と思いながら、彼は座布団を枕にして畳の上に体をのばし、ややおそい昼寝をしようとした。半睡の夢の中に、大きな赤毛の犬が走りまわつた。

……それは「ジュジュ」という、秋田とポインターとの混血種だつたが、川木は移つて来て三日とたたぬうちに、その犬が裏の空地で子供たちとじやれているのを見た。

彼は応召して五年間中国でつとめた。中尉になつて帰つてきてみると、妻が亡くなつていた。友人の世話で、神田の某私大の政経科で、昼間は三日、夜間二日、英語を教える口を得ることができ、そのほかの時間は、先輩の翻訳仕事の下請などをした。再婚もしないままに、四十近くになつていた。はじめ友人の家に同居していたが、去年その友人に子供が生れたので、そこを出なければならなくなつた。年取つた同僚の駒野教授というのが、すぐ近くに二階があいたと、郊外の私鉄沿線のこの家を教えてくれた。杉澤という家で、主人は、年を取り酒好きではあるが腕のいい大工職ということだつた。熱海の方に仕事に行つているということで、ほとんど家には顔を見せず、その連合いのお藤というお婆さんが、二人の孫——七つの女の子と四つの男の子とを守つて暮らしていた。息子、——子たちの父親は、やはり大工だつたが、末の子が生れると間もなく、外に女が出来て飛び出し、最近九州の方で病死したということだ。残された嫁は、下町の方の料亭に出て働いているということで、これも稀にしか家に戻らなかつた。

移つてまもなくの暑い日の午後、彼がうたた寝からさめた時、紙芝居の笛の音が空地の方から流れたので、何気なしにのぞいてみると、赤い大きな犬が、立つた房々とした尾をふりふり、崖をころがり落ちるように走てきて迎えた。それから近所の子たちが、もちろん下の孫たちも交えて、その広場に集まつた。黒い日遮眼鏡の紙芝居屋は、その犬とも馴染とみえて、まず煎餅《せんべい》か何かを一つ投げると、犬は一声吠えて口で受けた。それから子供たちの誰彼が、箸につけた飴を買つて、犬にも分けてやると、器用に何本か口にくわえて、道化るように跳ねまわつた。芝居——飛行機乗りの冒険というようなものらしいのが、いよいよ始まると、犬は子供たちの最後列に身を退いて、行儀よく坐つた。お藤の下の孫がしやがんでその犬を抱き、口を嘗め合うようにしていた。

「ほほ、先生も見ていらつしやる。愛嬌ものなんですよ、あの牝犬は」いつの間にか、番茶をいれて上つてきていたお藤婆さんが川木の背中から声をかけ、それから自分でも窓ぎわに立つて空地を眺めた。

「ジュジュつて、妙な名なんですよ」

「どこかの飼犬ですか」

「それが呑気なやつで……」と話好きらしい婆さんはその犬について話しはじめた。元は、ここから少し離れた高台の邸宅に飼われていたが、生来遊び好きなのか、いつの頃からかこの辺をうろつきまわる癖がつき、今では家に帰ることを忘れて、この空地あたりを根城にして野犬の暮しをしながら、近所の子供らに取つては無くてはならぬものになつている。子供らがどんな悪戯《いたずら》をしても、決して抗《さか》らわず、なすに任せて相手になる。婆さんの下の孫など、動物ぎらいとでもいうのか、はじめは恐ろしがつたが、そのうち、ちよつと尾にさわり、それから背中をさすり、というようにして、今ではあのように馴れてしまつた。そして子供らは、みなで可愛がり、これは自分たちの犬なのだと思つている。

婆さんが話し終つて下りて行つて間もなく、外の紙芝居も終つた。子供たちは、またじやれつき跳ねまわり出した犬を、「ジュジュ、ジュジュ」と囃《はや》し立てていた。

初秋の午後、学校から帰つて来た彼が、電車の駅におりると、出口のところに、下宿の姉弟が、すこし傷《いた》んだお召を着た、浅黒い小粋な女と立つていた。彼等の母が家に訪ねてきたのを見送つているのだろうと思つたが、知らぬ顔をして通り抜けた。しばらく歩くと、後から「先生！」と姉の方の声がした。子供たちは母と別れて、彼を追つて家にもどるところだつた。

「お母さんだね」とたずねた。

「ええ」姉の方が低い声で答えた。

「お土産《みやげ》もらったね」とビスケットの紙包を持っている弟にたずねた。

「うん」とうなずいたが、しばらくして、それよりももっと重大なことを思い出したというように大きな声で「先生。ジュジュすごかったよ。ね、姉ちゃん、強かったね」といった。

「そうよ、ジュジュすごかった」姉も悲しみを忘れたような声を張った。

近くにいるローという猛犬とあの空地でさっき喧嘩をして、勝って追払ったということを、二人はそれから口々に彼に話した。家に帰ると、お藤婆さんまでが、熱心にそのことを話した。ローというのは、やはり高台のお邸――えらい実業家の邸の土佐種だかの猛犬で、兇暴で、いままでに何人、いや何十人と、出入りの者や通行者を襲って噛《か》みつき、何人かには怪我をさせもした。界隈のものは恐怖しているが、その家では、それをなかなか繋いでくれようともしない。しかし今し方ジュジュが、そのローとぶつかり、始めは危くも見えたが、とうとう見事に相手を打負かし、それが泣きながら逃げ出したときには、子供たちはもちろんのこと、その時外に出て喧嘩を見ていたお藤婆さんまでが、思わず歓声をあげたという。

川木がしばらく寝そべつて本を読んでいると、紙芝居の笛が聞えた。この頃彼は、空地でジュジュが遊ぶ時には、仕事もやめて窓から眺める癖になつていた。子供たちは一層いきいきと紙芝居屋を迎え、口々にジュジュの喧嘩のことを彼に告げているらしく、やかましかつた。いつもより多くジュジュは煎餅や飴をもらつた。しかし芝居がはじまると、何本もの箸をくわえて、子供たちの後にまわつて坐り、聞き入るように静かに首をかしげた。

その時に川木はふと、崖の上のアパートの二階の一つの窓がひらき、そこから女の白い顔が空地の群をじつと眺め下しているのを見た。遠かつたし、彼の眼は悪かつたし、日暮のうすい霧がただよつていたから、どのような女と見きわめることはできなかつたが、紙芝居がすむまで、その顔は窓に動かなかつた。そして紙芝居屋が立去ると、黄色い服の端を見せながら少し窓から乗り出し、ジュジュを呼んだようだつた。犬は一散に走り、崖に飛び上り、アパートの裏庭の方に突進した。すると窓が閉じた。その女は、かねてからジュジュを可愛がり、窓から見つめたり呼んで物をやつたりしているのだろうと思われた。それに今まで彼が気づかなかつたのは、夏の間はその窓を葉桜の梢が深く隠していたからであろう。

彼もすぐに窓をしめ、本を読みはじめたが、どういうわけだつたか、その時今日は妻の病死した日だつたことを忘れていたと気づいた。しばらくして服に着換えて、街に酒を飲みに出た。

それから、空地で子供と犬とが遊ぶのを眺める時、葉が落ちてあらわになつたアパートのその一角の窓の方に眼をやることが何度かあつたが、それが開いていたこと、そこに女の顔が浮んだことは少かつた。いつもその室に居るというわけでもなかつたのであろう。

ある午後、子供たちが空地で、「ジュジュ、ジュジュ」というのが障子越しにきこえたが、少し常とちがつて、声を抑えているようなところがあつた。開けてみると、何処《どこ》から来たか大きな白犬がジュジュを狙つて挑みかかつていた。ジュジュは、多くの牝犬のように恐慌して逃げまどつたりはしない。ゆつくりとして白犬を待ちかまえている。川木は、そのところで障子を締めた。その間ぎわに、ちらとアパートの方に眼をやつたが、窓は開いていなかつた。さつきまで開いていたようだつたが、今締つたらしい、というような錯覚めいたものをその時に感じたが、それをもみ消そうとして煙草に火をつけた。煙草を吸つているとき、突然、頓狂な「はまつた！」という叫声がきこえた。同僚の駒野教授の十ばかりの子の声と聞きおぼえがあつた。

それから何日か、近所の大人たちも、また子供たちも、ジュジュのことに触れようとしなかったし、犬が、ときどき空地を横切ったりしても、近づくものがなかった。お藤婆さんの話では、駒野の奥さんが、あの犬は何とか始末しなければ子供の教育に悪いといい出し、婆さんや隣の山原の奥さんたちで取りなしているところだが、駒野夫人がなかなか聴き入れぬ、ということだった。

しかし日が経つうちにそのことも忘れられ、子供たちはまた空地ににぎやかに群がってジュジュと遊んだ。何度か紙芝居もきた。

川木が翻訳にくたびれていた時、隣の庭で干し物でもしているらしい山原の奥さんに、この家の女の子が、「あのね、ジュジュのおばちゃんね、今日素適な外套着て歩いてたわ」と話しているのが聞えた。山原の奥さんは、「そう？　いいわねえ」と明るい声でこたえていた。このひとの主人は、下町の糸問屋だかに勤めているが、店の景気が悪くて勢がない。八つの男の子も病身である。しかし彼女はいつもいきいきとした顔色をしていた。歌曲《リード》や、時には流行歌をひとり歌うことが好きだ。

「ジュジュのおばちゃんなんて、お止し。ばかばかしい」下の縁側にいたお藤婆さんが腹立たしそうに孫に呼びかけた。

「外人なんかアパートへ連れて来て……」婆さんは吐きすてるようにいつた。

「パンパンなの？　あのおばちゃん」

「お止し」婆さんはもう一度きつく叱つた。

「でも、素適だつたよ」

孫は空地の方に逃げた。山原の奥さんが笑う声がかすかに聞えた。川木は、「ジュジュのおばちゃん」というのは窓の女にちがいないと思つた。婆さんか山原の奥さんかに聞けば、どんな女か知つていて詳しく教えてくれるでもあろう。しかしその勇気は出なかつた。その夜彼は、枯草の中に寝そべつたジュジュの夢を見た。それから、どこからともなく現れた背の高い眼の大きい女を見、彼はしきりにその女を追つた。


冬になる頃、川木は出来ればこの下宿から出たいと思うようになつた。はじめから承知の上のことだつたが、世話をしてくれた駒野さんの家とあまりに近いことが窮屈だつた。中老の駒野さんは、学校でも家でも、また時たま川木と電車で一緒になる時にも、温和で親切なのだが、それでも此方《こちら》の生活のすみずみを知られているという気持が重かつた。痩せた、青い顔の夫人を、川木は極力避けて、かかり合いにならぬようにしているが、彼女の口を通じて、近所の人々に、彼の学校での低い位置や薄給や、学校では「赤」と見られているようだということまでが、一部始終知れ渡つているらしかつた。またその長男が学校の政経科に通つているのだが、彼の口から、川木が夜学の帰りに駅前の屋台店で正体なく酔つていたこととか、友人の家での麻雀と称して三日も下宿を開けたこととかが、すぐに学生の間にひろまるらしかつた。この下宿は割合に静かでいい所ではあつたが、早く他に室を探さなければならないと思われた。

　その頃、いつからとはなしに、彼もジュジュと仲好くなつていた。手なずけようという積りからでもなかつたと思うが、ふと食物や菓子を投げてやつたり、近づいてくる頭を撫でたりしているうちに、犬の方からも狎《な》れ親しんできた。子供たちと遊んでいない時など、犬が彼を電車の駅まで送つてくることもあつた。その雪もよいの日暮、夜学に出て行つたときも、彼の後から、家並のまばらなだらだら坂を従《つ》いてきた。その時に、曲角のところで、灰色のコートで和装を包んだ三十ばかりの女に出会つた。ジュジュがその方に飛び出した。窓の女だということを、彼はすぐに感じた。背が高く、顔はすこし疲れを見せて蒼白かつたが、眼が大きかつた。その背の高さや眼の大きさについて、彼は前から知つていたような気がする。遠い窓の中でぼうと見ていたばかりだつたのだが、彼の悪い眼が、視覚の力というよりは一種の想像の力のようなものを働かせて、それを見ていたのであつたろう。

女は、彼を冷やかに一瞥《いちべつ》しただけで、直《す》ぐ行き過ぎた。ジュジュは、しばらく彼と女との間にためらつていたが、当然というように、尾をいそがしく振りながら女の後を追つて、元の道に引返して行つた。


適当な室はなかなか見当らなかつた。

風の寒い夜、少し飲んで帰ると、お藤婆さんが、「先生大変でしたよ」といいながら、彼を茶の間に招《よ》んだ。となりに孫たちはもう寝ていた。

「何が大変だつたんですか」とすすめられた渋い茶をのみながら、婆さんにきいた。

「ジュジュが、すんでのこと犬取りに持つていかれるとこでしたんですよ。え丶、今日のお昼過ぎ、犬取りが来ましてね、捕《つかま》えちやいましたよ。すると、近所界隈の子がわんわん泣くやらで大変な騒ぎでね、こりあどうも放つとけんてもので、私が出ていつて、犬取りに頼んだんですよ。いや、近所の奥さんたちも——駒野の奥さんだけは来なかつたがね、——後はぞろぞろ応援に出てくれましたわ。中でも、お隣の山原の奥さんが——あ丶見えて確《しつか》りしてるんですね、犬取りつかまえて、この犬は絶対に悪いことしやしません、わたし等で責任持つて見ますから、どうぞ許してやつて下さい、つて向うが仕様ことなしにうんというまで、後に引きあしなかつたんですよ」

「それで助かつたんですね。そりやよかつた」

「先生も、お留守でなかつたら、是非とも出て頂くとこでしたよ」

「うん、これからそんなことがあつたら、僕も大いにやりますよ」少し酔つていたので、そんな調子のことをいつた。

「しかし……」婆さんは、機嫌を直した孫たちの寝ている室の方をちらと見てから、つづけた。「ところが……また困つたことになりそうなんですよ」

「何ですか、僕大いにやりますよ」

「それはね、あの例のジュジュのおばちやんつていう得態《えたい》の知れぬ女が、その時は、アパートの窓からでも見てたんでしようが、知らん顔していたくせに、犬が助かつた後になると、のこのこ崖の上へ這い出てきて、ジュジュつて甘つたるい声で呼ぶんですよ。ジュジュの馬鹿め、お尻尾《しつぽ》ふりふり行くんだから、張合がありませんよ。大方、トンカツの残りでも食わせたんでしよ。あの女、今度は自分一人で飼う気になつたんじやないかしら、あんな女に独り占めされちあ、子供らが可哀そうじやありませんか、先生」

「うん」

「もしそうなつたら、こつちも大勢で押掛けて取りかえすんですわね」

「うん」だが、僕も出掛けましようとは、どういうものかいわなかつた。

しかし、日が経つたが、女が自分の飼いものにしようとした様子もなく、犬はやはり空地を中心にして遊びほほけていた。川木は、一日に一度か二度かは、寒風の吹く窓を開けてそれを眺める。そういう時アパートの、裸木の梢の上の窓に、眼をやらずにはおられなかつたが、そこに白い顔が浮かぶのは、七八度に一度くらいのことでしかなかつたろう。向うでこちらの窓に気がついているかどうかも分らなかつた。

しかし、一月あまりも経つと、何日もその窓に顔が見えなかつた。そして、ある雪の後の朝、はげしい犬の啼声におどろいて眺めてみると、ジュジュが、また襲つてきたローとむごたらしく噛み合いをして、この時も最後には勝つて、子供たちをうれしがらせたのだが、その時アパートのその窓からは、若い男の顔が二つ重なり合つてのぞき、げらげらという笑声がここまで流れてきた。

「ジュジュのおばちやん、アパートに居なくなつたんだつて」と下の女の子が婆さんに告げているのを、間もなく聞いた。

「ふん、あんなもの、何かにつけて居ない方がよろしいよ」婆さんはいつていた。

何日かして、さり気なく婆さんに、その女のことを訊ねてみた。

「よく知りませんね」と気の乗らぬ声だつたが、それでも近所の奥さんにきいたといつて、「何でも鎌倉だか横浜だかに越したんですつて、旦那でも変えたんでしようか。だけど、そんなお体裁のいいことといつても、案外新橋かどこかのガードのとこにでも立つてるんじやないですか。先生、行つて御覧なさいましよ」といつた。

春になつても、他の室を探すことができなかつた。

アパートのその窓を蔽《おお》つて、色の濃い八重桜の花が咲いて、去年の夏から、葉桜、落葉、枯枝と見てきたばかりの川木の眼をおどろかせた。しかしその色のかげからは、二人の青年の顔が時々のぞくばかりである。

午後、街からの帰りに、だらだら坂のところで、今度は上からおりてくる、灰色のスーツのその女と行き合つたが、そのとき此方をみとめたようだつた。ちらと微笑のようなものが眼にひらめいたとも思つたが、それは多分思いちがいだつたろう。何ということなく、真直に家には帰らないで、裏道から空地の方にまわつて行つてみると、そこでは常のように子供たちが、ジュジュをかこんで何かさわいでいた。下宿の女の子が早くも彼をみとめて、

「先生、あのジュジュのおばさんがいま来たのよ」と昂奮したような声でいつた。

「ジュジュに、ハムだの何だの持つてきて食わせたよ」と駒野氏の子供がいつた。

「抱つこしたり撫でたり、とても可愛がつたわねえ」一人の女の子がいつた。

「あたい、……」下宿の子がいつた。「おばちやんに、ジュジュ取りに来たの？　つていつてやつたの。そうすると、取りに来たんじやない、また時々ジュジュと遊びにくるだけ、つておばちやんがいつたわ」

子供たちは、その女に貰つたキャラメルらしいのを、分けて食べていた。川木は、そうすればあの女は、またここに来ることがあるかも知れぬと思つた。

桜が散り出したころ、また何処からか、去年の秋の白犬があらわれて、ジュジュに挑みはじめた。ジュジュは、その襲撃も避けず、また人間の眼も少しもはばからず、悠々として白犬の愛を受け入れようとしていた。アパートの窓からは、一層高いげらげら笑いがひびいた。子供たちはみな一種の不安状態におち入り、ひどく神経質になつているようだつ

た。川木は窓を終日閉めることにした。

訪ねてきた友人と将棋をさしていた時、急に何人かの子供の泣声がどこかからきこえてきた。窓を開けてみたが、空地には子供も犬もいなかつた。アパートの向側のあたりから、その声は立つたものらしかつた。まもなく、庭の方で、「ジュジュ」という婆さんのつぶやき声がきこえた。

「待つてくれ」と友人にいつて、川木は急いで二階を降りて外に出た。婆さんもその方に行つたか、影が見えなかつた。彼は裏手にまわり、空地を横切り、崖を這い上り、柵をこえて、アパートの横手のやや広い道路に出て行つてみた。子供たちが、みな泣いていた。何人かの近所の奥さんたちが、ぼんやりと立つていた。その真中に駒野夫人が、エプロンのままで立つており、眼のふちを赤くしている山原夫人に向つて、「致しかたございませんよ、これは」といつていたが、彼を見ると、ちよつと眼で挨拶した。道をまわつて、ようやくやつてきたお藤婆さんは、泣く二人の孫にすがられながら、やはり、「どうも仕様がないですわねえ」といい、駒野夫人に食つてかかる様子も見せなかつた。一人の子が、「ジュジュ。ジュジュが殺される、助けて！」と叫んだが、大人たちはただ黙つているばかりだつた。

それから、子供たちは毎日気の抜けたようになつていた。しばらくは空地にも立ち入らなかつたのは、そこではジュジュが思い出されて悲しかつたからであろう。それでも、夏になるころまでには、少しずつ忘れて行つたのか、みな快活さを取戻したようだつた。川木には、まだ室が他に見つからなかつた。そして、この下宿で一年を送つたことになつた。女が、あれから空地にあらわれた様子がなかつたのは、何人《なんびと》かを通じて、早くジュジュの死を知つたからだつたかもしれない。いや、元々二度と訪ねてくる気もなかつたのだろう。

……座布団を枕にしてのうたた寝の中で、川木は「ジュジュ、ジュジュ」という子供たちの声を聞いたような気がした。しかしその半睡状態の中で、これは夢の中のことなのだ。死んだジュジュが出てくるはずもない。と考えた。そしてまた少し深く眠り出し、ジュジュが青草のうえに飛びまわり、いつの間にか女もきて子供たちと一緒にそれにたわむれている夢を見た。それからまたしばらくして、「ジュジュ」という声がきこえたようだつた。

窓からの西日がまわつてきて熱くなつたためか、それから二十分ほどして、本当に眼をさました。すぐ窓ぎわに寄つて空地を見おろしたが、もちろんジュジュも子供たちもいなかつた。女が来ていようはずがなかつた。だが、眼をこすりながら、夢にしてはあまりに

もはつきりと、子供たちの「ジュジュ」と呼ぶ声を聞いたようだと思つた。「どうかしているぞ」と呟いて、また翻訳の机に向い、

「……小さい妹よ、と彼はいいました。我々が別れたならば、いつまで君は私をおぼえているだろうか。

それは答えられませんわ。だつて、いつになつたら私は、この地上のすべてのことを忘れるものになるのかは分りませんもの……」

「ばかばかしい」とまた呟き、ペンを置き、また座布団を枕にしてころがり、煙草に火をつけた。アパートの若者の一人が、窓のところで掻くギタを鳴らしていた。

しばらくして夕飯の時、お藤婆さんの話をきいて、夢についての疑問が解けた。

「さつきジュジュの二代目が来て子供たちと遊んだんですのよ。何でも、ジュジュがこつちへ来て野良犬になる前に、お邸で生んだ子らしいのですよ。よく似てました。で、血筋つて争われんものですわね。それがお邸で飼つて貰つてるくせに、おふくろの性質《たち》に似てきたんでしょうよ、この頃ふらふら出歩く癖がついて始末が悪いんですつて。お邸の書生が来て、そんなことといつて、これじやこれからよく繋いどかにや、つて引つ張つて帰りましたけど。野良の血つてものなんでしょうね」

（昭和二十七年）

犬たち

網野　菊

ヒロ子は其のテルといふ牡犬がなじみのない人間にはかみつく癖を持つてゐるといふ事は、そこの離れへ越して来る前にも、おもやの家人から聞いて知つてゐたのだが、引越しの前にも幾度か来てゐてテルとは既に、いはば顔なじみになつてゐたし、今度も、はじめほえるにはほえたが、尾を振つて寧《むし》ろ甘えるやうなほえ方をしてゐるやうに思へたので、又、鎖でつながれてゐたのでつい油断して平気で彼の近くを通りぬけようとしたのだつた。所が彼女の予想してゐたより鎖がのびて、テルは彼女の腰にかみついた。彼女はびつくりして逃げようとした。それが悪かつた。死んだ妹のかたみで、まだ真新しいスカートは犬の歯にひつぱられて、地が破れた。おもやの若い主婦がヒロ子の叫び声を聞いて駈けつけて来て、テルを、そこに有合せた棒で、めつた打ちにした。テルは忽《たちま》ち恐れ入つて縮み上つた。ヒロ子の腰には犬の歯がたがつき、血がにじんでゐた。おもやの主婦はテルの狂犬予防注射証明書を持ち出して来てヒロ子に見せた。ヒロ子はおろし立てのスカートの地をさかれて、もうよそ行きには出来なくなつた事を残念に思つたが、かみつく癖があるから……と前々から注意されてゐたのに近よつたのは自分が悪いのだから……と諦めた。

おもやでは、テルの外に、もう二匹犬を飼つてゐた。母犬と子犬で、母犬はポチ、子犬はチビと呼び慣らはされてゐた。ヒロ子にかみついたテルは雑種とはいへ、エヤデル系統で、割に血統が正しく、先《ま》づ上等犬だつたが、ポチの方は純然たる雑種だつた。チビはポチとテルの子だつた。ポチは、近所のB家の飼犬、エチといふのに生れたものだつた。エチといふのも矢張《やは》り雑種で、もともとは野良犬だつたが、街で子供達がいぢめてゐるのを通りがかりの外国婦人が哀れんで、二百五十円で其の犬を子供達から買ひ、近くにあつた愛犬協会事務所となつてゐる犬猫病院へ連れて行つた。その犬は中々素直な、いい性質なので、病院長はB家の主人に出会つた時、飼はぬかとすすめた。B家では外国婦人に返すだけの金額を払つて、その犬を引取つた。まだ其の頃は終戦後まもなくで犬の数が少く、（戦争中は食糧事情などで犬達は処分されたから）駄犬でも、正式に買へばもつと高価だつたので、B家では安く番犬が手に入つた事を喜んだ。そしてエチと名づけてゐた。エチは大変利口で、そしておとなしかつたから、飼主一家だけでなく、近所の子供達にも可愛がられた。只、欠点は子供を沢山生むことだつた。はじめのうちはどんどん貰ひ手があつた。それでB家の近所一帯何軒かの家の飼犬は殆ど皆エチの子供といふ現象を呈するに到つたのだが、一巡、近所に犬が行き渡ると、もう貰ひ手はなくなり、そのうち、主人は病死したので、母娘二人ぐらしになつたB家では一層子犬の処分に困るやうになつたのであるが、ポチは、実に其のエチの子の一匹であつたのだ。ポチに初生児達が生れた時、おもやでは子供のオモチャ用にチビ一匹だけ残して他の子犬は皆人に頼んで殺して了《しま》つた。大体、ポチを飼つたのは、牡犬のテルを、かみつく癖があるので処分する、そして其の代りにおかうと思つてのことだつた。所が、テルはなじみのない人にはかみつくものの、なじんだ人には実に従順であるし、行儀がいいし、番犬としては大変役に立つし、（此の犬が食あたりしてグッタリなつた時、おもやでは犬医者に来て貰つて葡萄糖を注射したりする一方、あわてて裏口の戸じまりを直したりしたものである）「おあづけ」「お手」なども出来るしするので、つい、殺す決心がにぶり、そのままになつてゐる。（テルに若《も》しかみつく癖がなかつたら、彼は転々として現在の飼ひ主の手に渡ることもなく、もつと大事に飼はれる所で、自由や美食を楽しめたことだらう。）寧ろ、ポチの方が、しつけが出来てゐなくて聞きわけはないし、行儀は悪いし、今では、これを引取つたことを主人達は後悔し、子犬が乳ばなれしたら処分するつもりだつたが、乳ばなれがすんだ今も、気不精から処分を実行しないでゐるまでのことだつた。三匹の中かみつく癖のあるテルはおもやの裏手の土間につながれて寝起きし、あとの二匹はヒロ子の居るはなれの軒下に、母犬はつながれ、子犬は放し飼ひにおかれてゐた。ヒロ子が引越して来たのは十一月下旬で、だん〳〵寒さに向ふ折柄、南向きの軒下とはいへ、小屋なしでゐる犬達のことは彼女の気になつてならなかつた。

「この犬達、寒くないかしら？」或る時、さうヒロ子がおもやの主人に云ふと、彼は、「犬はあまり大事にすると弱くなつていけないんですよ。東京の此の位の気候で寒いなんて云つたら、北海道の犬はどうします？」と答へた。

事実、ヒロ子はあまりに神経質的な考へ方をする癖があつた。その為め、彼女はいつも取越し苦労で、我れと我が生活をせばめ、苦しめてゐるやうなものだつた。とはいへ、とりわけ小犬のチビは生れて初めての寒さで慣れない為か、夜がふけるにつれて、キャンキャン鳴いて、ヒロ子の眠りを妨げた。これらの犬の鳴き声は、間遠なおもやの人達には聞えず、間近かなヒロ子の耳によく響くのであつた。小犬は、哀れ深く鳴くといふのではなしに、しきりに腹を立ててゐるやうな鳴き声をする。母犬のポチも、まけずによく鳴き立てた。彼女は至つて母性愛に乏しく、小犬を抱きかばふといふことをしないのであつた。「住」の点に於てのみならず、彼女は、「食」の点に於ても、至つて母性愛に乏しかつた。二匹に対して与へられる食事を、彼女は決して子犬に充分食べさせようとはせず、自分の分をがつがつといち早く食べ終るか終らぬうちに、子犬の分の方へとびかかつて行つて彼を追ひ散らし、そして其の食事をむさぼり食ふのであつた。それを見る度、飼主達は彼女をあさましがり、うとんじた。彼女は人を見るのにも、ひねくれた、うかがふやうな眼つきをするので、飼主達は、「犬相が悪くていやだ。それに子犬の分まで、がつがつ食べるなんて母性愛がない……」と云つて憎らしがつたが、ヒロ子は、「人間にだつて衣食足つて礼節を知る、といふ言葉がある位だから……」と思つた。万物の霊長と自負する人間すら、時として血肉相はみ、肉親殺しをしたりするのだから……まつたく、今日のやうな時世では三匹の犬の食事といふものは中々のことであつたから、おもやから遠い犬達は、テルよりもより手うすに供されがちだつた。それで、ヒロ子はその食事の補ひをしてやらうと思つたが、あいにく、引越し費用に大分かかつた後のこととて、自分自身の食事さへ満足に出来かねる折柄とて、二匹の犬の補給食糧を捻出することは一と苦労であつた。彼女は著述で生計を立ててゐるのだが、才能が乏しい上に仕事の意欲も強くなかったので、いつも其の日〳〵に追はれるやうな暮し方をしてゐるのだつた。とはいへ、戦争ですごい焼けあととなつた界隈の復興ぶりもおそい土地のせゐか、中々ぶつさうなことが多く、ヒロ子が越して来て一寸《ちよつと》の間に、つい近くの一人住ひの老婆がくびり殺されたり、三人組強盗に入られた家があつたり、幾度も空巣ねらひに入られたりする家があつたりしたので、犬たちに恩義を感じないわけには行かなかつた。

小犬の方は毛がむくむくしてゐるせゐと、放し飼ひの為め隣家の庭先きへ行つて台所屑なぞ馳走にあづかつたりするためか、まだしも肥《ふと》つて見えたが、母犬のポチは、つながれ放しで運動不足のためもあつて、やせて肋《あば》ら骨《ぼね》が見えてゐた。その上、ヒロ子が越し立ての頃は、前の片足をひいてゐた。と云ふのは、ヒロ子が越して来た翌日、電気のことで来た人にポチがやかましくほえ立てたので、おもやの店に勤める一人の青年が有合せた木切れで彼女をぶつたからだ。おだやかげに見える青年は意外にも力持ちだつたと見えて、ポチの前片足は傷をうけて、びつこになつた。ヒロ子はもとはといへば自分のことが原因だつたので、店員にもポチにもすまなさを感じた。それでポチの傷が早く直るやうにと思つて、自分の常用薬のヴィタミン剤をのませたり、傷にメンソレータムをぬつてやつたりした。此のやせた、ちんばの、そして小屋なしの犬をヒロ子への来訪者達は皆、彼女の飼犬と思ひなした。その度、ヒロ子は自分が飼つてゐるのではないと云ひわけがましく説明したりしたが、併《しか》し、いづれは自分が飼ふことになるだらうとは考へてゐた。

或る時、ヒロ子の所へいづれも彼女より年若い四人づれの男客があつた。その人達の中の三人まで彼女は初対面であつたが、うち一人は、帰りがけ、彼等にけたたましくほえ立てるポチのそば近く寄つて、だまつて静かに身をかがめ、縁下の柱にからみついてポチの身動きをせばめてゐた鎖のもつれをほどいてやつた。「なんて、親切な人だらう」とヒロ子は心に思つた。「きつと、奥さんにも他人にも親切な人に違ひない……」さう、彼女は心の中で感動した。

ポチの脚の傷はやがて直り、びつこは消えた。だが、寒さが加はるので、犬たちについてのヒロ子の心配は絶えなかつた。殊に、小犬は母犬が全然そばによせつけないので、寒がつた。夜おそく、又は夜なか、まるで憤つてゐるような調子でキャンキャン鳴き立てる小犬の声をきくと、ヒロ子は自分がとがめられてでもゐるやうに感じるのだつた。それで、彼女は引越し荷物を入れて来たリンゴ箱など使つて犬小屋を作らうと考へた。どうやら、小犬の方のは、辛うじて寒さをしのげるやうなものが出来たが、からだの大きい母犬の方のは、材料も道具も足らなくて、うまく作り得なかつた。

小犬は自分の寝場所が出来ると、さつさとそこに入つて昼は日なたぼつこをし、夜は前より安らかに眠つた。ヒロ子が小犬の箱を昼間日光にあてようと思つて母犬のそばに出して、うつかりそのままにしてゐると、夜、母犬ポチは小犬を追ひやつて、自分が大きなからだを無理に縮めて、その小さい箱に入つて居り、小犬はキャンキャン不満気なほえ方をしつつも、母犬のそばへは行かなかつた。うつかり近づくと、母犬は容赦なく彼をかむからだつた。そんな母犬子犬の関係を見てゐると、ヒロ子は、浅間しいと思ふより先きに、「母性愛」といふもののはかなさを、寧ろ、「それ、見ろ」といふやうな意地悪な気持で考へたりするのであつた。彼女は幼時実母が情夫を作つたことで離婚されて以来何人かの継母を迎へ、母性愛なしで育つた上に、結婚してからは、子供がなかつた為めに姑から「子供を生まぬ女は人情がない」と面と向つて云はれたりしたあげく、破婚となつたからである。

ヒロ子は犬たちが眼前でひもじがつてゐる——犬は少量の食べ物で充分であり、沢山食べるとばかになる、と人々から聞かされ乍《なが》ら——やうなのを見ると、つい気になつてならず、さうかと云つて二匹もの犬の食糧補欠は彼女にとつて重荷すぎるので困つた。又、たとへやくざ犬でも、見慣れたものが殺されたり捨てられたりするのもいやだつた。誰か貰ひ手があつてくれると一番いいと思つたが、もう、終戦直後とちがつて犬が行き渡つた現在では、名犬の種ならいざしらず、こんな成犬を貰つて飼はうといふ物好きはなかつた。

「小犬の方なら、貰ひ手があるでせう」と彼女の所へ来た知人の一人が云つた。「A君の所で一匹欲しいやうなことを云つてゐました」

その旨をヒロ子がおもやへ伝へたが、おもやではポチのことは、嫌つてゐたが、小犬の方は手放したがらなかつた。それに、小犬は或る日おもてへ遊びに出てゐて犬殺しに連れて行かれさうになつたのを、おもやの主人は二百円出して返して貰ひ、鎖や首輪を新しく買つてつなぐやうになつた。そんなこんなもあつて、よけいに彼には愛着を持つのだつた。

所が、或る時、此の小犬がヒロ子の客のヅボンをかみさいたのだつた。客の青年は作り立ての洋服を着てゐた。彼は犬嫌ひでなかつたので、チビにほえられても平気で、そして鎖でつながれてゐるのに安心して、そばを通つた。と、チビは青年の新しいヅボンにかみついて、破つた。青年がヒロ子の親しい知り合ひであつて、まだしもよかつた。彼は自分の落度だから……と云つたが、その新しい洋服が彼にとつてどんなに大切なものであつたかをよく知りぬいてゐるヒロ子は、恐縮せずにゐられなかつた。到底ヅボンの賠償は出来なかつたが、わびの志だけの品をおくつて、あやまつた。そんなことが以後も度々あつたらヒロ子の経済力では追つつかない。それで、おもやへ、「小犬をどこかへあげるやうにしてくれないか」と頼んだ。おもやでも、ヒロ子の客のヅボン一件直後とて、今度は、承知した。ヒロ子の知人が、かねがね犬を欲しがつてゐるといふA氏に話したので、若い

A氏夫妻は或る夕方、小犬を見に来た。小犬はからだは後ずさりし乍ら、やたらにA氏に向つてほえ立てた。ヒロ子はうまく彼がA氏の気に入つてくれればいいが……と念じた。A氏は、生き物好きで、鶏などの飼ひ方も上手だつたし、卵のかへさせ方も上手なので、そんなA氏に貰はれたら、小犬は幸福になれる……　A氏は小犬をと見かう見してから、「頂きませう」と云つた。明日自転車で引きとりに来ると云ふ。それで、翌日、ヒロ子は小犬に近くの犬猫病院で狂犬病予防注射をして貰つたりして、A氏の来訪を待つた。A氏は、約束通り、夕方自転車で引取りに来た。おもやの主人が不安がつてゐる小犬をリンゴの空き箱に入れて蓋をして釘づけにし、A氏は、それを自転車のうしろにくくりつけて、「では、遠慮なく頂いて行きます」と云つて、帰つて行つた。小犬が愛情深いA氏に飼はれることになつて、ヒロ子は大変嬉しかつた。気がかり及び負担が一つ減つた上に、小犬が幸福になれるといふ確信で、ヒロ子は幸福を感じた。その幸福感は二三日後まで彼女の心の中に続いてゐた。「まつたく、心浮き〳〵といふのはこのことだ」と彼女は思つた程である。

所が、二三日後、彼女は東京から程遠くない地方に住む恩師のC先生を訪ねた。C先生は犬を二匹飼つてゐた。一匹は駄犬といふがC先生の好みで前の飼ひ主から買つたもの、一匹は知り合ひの人から贈られた上等の外国種の犬だつた。駄犬も名種犬も平等に庭で飼はれてゐた。人家の少い所でもあるから、犬達は東京でのやうに昼間つながれてゐなくてもよいせゐもあるが、長年の間、これまでC先生に飼はれた犬たちが何《いつ》れも皆何か嬉々とした表情をしてゐた事をヒロ子は思ひ出し、そして現在二匹の飼ひ犬も明るい様子をしてとびはねてゐるのを、思ひ深く眺めずにゐられなかつた。食事の時、ふと話が犬のことになつた。C先生は、「かむ癖のある犬の子孫といふものは遺伝するので、英国ではさういふ犬は絶対に殺して了ふさうだ。だから、英国には、かむ犬といふのはゐないさうだ」と話した。それを聞いてヒロ子はA氏に貰はれた小犬のことが心配になり出した。A氏があの小犬の為めに迷惑しはせぬかと心配でならなくなつた。うきうきしてゐた彼女の心は忽ちペシャンコに沈んで了つたのである。それ以来小犬のことが心にかかつてゐたが、その後A氏を訪ねた知人の話をきくと、小犬は誰にもかみついた様子がなく、大変ききわけのいい犬になつたやうだとのことで、少し安心した。そして幾月かたつてからヒロ子は其の近くまで行つたついでにA氏の家を訪ねたら、犬は以前の二倍以上もに大きくなつてゐて、ヒロ子の方でも見違へる位だつたが、犬の方でも彼女をおぼえてゐず、うさんくさい者に対するやうにほえ立てた。彼はA氏の丹誠と仕つけで、同じく飼はれてゐるチャボや鶏たちにも一向かまつたりしないで、「お手」「おあづけ」なども、チャンと覚えこんでゐた。ヒロ子が帰る時、A氏夫妻はおもて通りの都電停留所まで見送つたが、その時、犬も連れて出た。犬は、途中、よその家の台所口の方へと道草をくつたりしたが、さういふ時、A氏が「チビチビ」と強い調子で呼ぶと直ぐ引返して来た。「チビの外食券食堂です」とA氏は笑つてヒロ子に云つた。A氏はもとの仮の呼び名の儘に犬を呼んでゐたが、もう犬はその名にはふさはしからぬ程成長してゐたのだ。併し電車通りまで連れて出られたのは今が初めてださうで、チビは電車や自動車にびつくりして車道の真ん中に立ちどまつて視線をうろうろさせて人々の気をもませた。ヒロ子の乗る電車は中々来なかつたので、むりにA氏夫妻に帰つて貰つた。電車道を横切つて帰る時、A氏は犬をだき上げた。ヒロ子はチビが幸福になつた様子や、今迄のところかみつく癖は出てゐないらしいのを知つて、安心した。

残つた母犬ポチは子供犬がゐなくなつたのを淋しがる風は見せなかつた。そして結局、ヒロ子が彼女を飼つてゐるやうな形になつたが、食料も二匹が一匹になつたので無理が少くなつたし、此の犬のヒステリックな鳴き声は少しづつ静まり、へつぴり腰も直り、普通の恰好になつた。ポインターがかつた外見をしてゐる為、ヒロ子を訪ねた文芸批評家某氏は、ポチを見て、「名犬ですね」と評した程だつた。この批評家に以前よくやつつけられてゐた不才能作家ヒロ子は此の有名な批評家がポチについて見当違ひの批評をしたのを内心痛快がつたのでもある。

又、或る時、ポチの親犬エチの飼ひ主なるB家夫人がヒロ子のはなれの前の庭さきへ来ての話によると、相変らずエチは多産で困るとのことであつた。（いい工合に、ポチはチビたちを生んで後一年余たつうち、他の出産をしなかつた。）犬医に仔犬を注射で殺して貰ふとなると一匹二三百円づつもかかるのである。B家では、エチの外に、エチの仔犬で牡を一匹、到頭《とうとう》貰ひ手なしになった儘おいてゐて、今では困ってゐた。それにこの仔犬の父らしい野良犬が始終遊びに来た。野良犬はエチへの愛情のため、よく、どこからか鶏だの兎だのをくはへて来た。それでエチたちは割にやせずにすんでゐるらしかつたが、野良犬は、終ひには、鶏や兎が手に入りにくくなつたと見えて、猫などくはへて来るやうになつたのだ。赤いチンコロがけをした猫の死骸のくひさしが庭にころがつてゐるのを見て、B家の母娘はいやがつた。鶏や兎の死骸だつて、気弱な母娘は片づけ得ず、時々留守番や庭の掃除などを頼む近所の婦人に引きとつて貰つたりしたのだが、猫となると、只では引取つて貰へず、その度、お金がいるわけだから、B家では野良犬の来訪に手をやいてゐた。

「所が、犬でも相性といふものがあると見えましてね、うちのエチが、また、その犬が来るととても喜んで、鎖など引き切つて、子供犬もろとも三匹で前の畑地へ飛び出して行つて、ころころころがつて遊ぶのですよ。畑の持主からは苦情を云はれますしね。交番にでも頼んで、その野良犬をつれて行つて貰らひたいのですよ。さうしてその野良犬と来たら、とても変な恰好の、汚い犬なのに、エチはその犬を一番好いてゐるんですからね。をかしなものですね。エチの方がずつと形もいいし、いい犬なのに……」さういふB家の老女主人の話を聞いて、ヒロ子は笑ひ出した。ヒロ子もそのエチといふ犬を二三度見たことがあるが、性質は善良なのはたしかだが、恰好の点では、ヒロ子にはちつとも感心出来なかつたからである。ヒロ子は、野良犬がさうしていろいろの物を運んで女犬の機嫌をとるのは人間の男が好きな女に入れ揚げたり、ひとのお金を使ひこんだりするのに似てゐると思つた。だが、鶏、兎が手に入らなくなつて猫を持つて来る野良犬は猫も手に入らなくなつたら何を持つて来るであらうか？　人間の赤児でもくはへて来はせぬか、とヒロ子は恐ろしくなり、B夫人に、「今度、犬殺しが来たら是非連れて行つて貰ふことですね」と云つた。

併し、その三匹の犬たち一族の愛情は、ヒロ子の心をホロリとさせた。彼女は、そして、「自分は遂にそんな愛情も一生経験せずにしまふ」と考へた。

おもやのかみつく犬、テルには、あの後、も一度、ヒロ子はかまれた。越して来て二三ヶ月たつたので、もう慣れてゐるだらうとヒロ子は油断したのだ。庭に出されてゐた犬のそばにはおもやの主婦が洗濯物をほしに来てゐたし、ヒロ子は安心してテルのそばに寄つた。と、テルは又もやバクリとヒロ子の左下肢をかんだのである。この時はヒロ子は要領が分つてゐたから逃げ出さず、そこに立つたまま、「コラッ」と叱つた。おもやの主婦も怒つたから、テルは忽ち恐縮して、口をヒロ子のヅボンから放し、こそこそとした様子であとに退つた。ヒロ子の脚には又もや歯がたがつき、血が少しにじんでゐたが、ヅボンの方は、今度は全然無事だつた。ひつぱらなかつたからである。テルは、そのちよつと数日前にも、おもやの男客がうつかりテルに背を向けておじぎをしたとたんに其の後腰をかんだ。それでテルは犬医のもとにつれて行かれ、狂犬でないといふ検査をして貰つたばかりだつた。又、彼女は、となりの家の幼女にもかみついた。洋服姿ではテルに目なじみになつてゐた幼女が正月のこととてなじみのない晴れ着の和服を着て、おもやの子供の所へ遊びに来て、うつかり、テルに近づき、腕をかまれたのだ。隣家の人たちは穏かな人たちだつたので、別に苦情も持ちこまなかつたが、その時も、おもやの主人は「今度こそ、テルを殺して了はう」と云つた。だが、おもやの店員の中にも其の考へに賛成の人と不賛成の人があつた。第一、主婦が不賛成だつた。店の人たちが夕方帰つて了つたあと、夜、主人が外出したりして子供とだけで留守を守る時、テルの存在は彼女の大きな支へとなつてゐたからである。テルは其の居場所から大分遠いおもてのガラス戸のあけたてにも、なじみのない人の場合は直ぐ分つてほえる位であつたから……そして「かみつく犬」といふ評判は、泥棒の侵入を大いに防いでゐるかも知れなかつたからである。それに、テルは、どんなにおなかがすいてゐても、ポチのやうにヒステリックに鳴き立てたりはしなかつた。与へられる迄、いつまでもおとなしく待つてゐた。食べる時でも、ポチのやうにガツガツと食べいそいだりしないで、大変ゆつくりと食べた。その代り、ポチは林檎の皮でも食べ、時には少し位くさつたものさへ食べ、そしておなかをこはすことがないのに、テルの方はくさつたものなど与へられると直ぐひきつけた。彼は、裏手の土間につながれてゐて、日に二三度大小便のために庭につれ出されるのであつたが、その度、よく土を前足でかいて用便の後始末をする形をした。（充分に始末はし得ないのだつたが……）土間ではどんなに便意を催しても我慢した。ヒロ子は主婦が出産で入院した時、幾日かおもやへ留守番やら手伝ひやらに行つたことがあるが、その間の或る夜のこと、主人が病院へ見まひに出かけて夜おそくまで帰らないことがあつた。ヒロ子は子供はねかしつけたが、子供だけおいて自分の住居に帰るわけにも行かず、いらいらしてゐたが、テルも亦、盛んに身もだえして、ほえてゐた。用便のために庭へ出して貰ふ時刻がとつくにすぎてゐたので苦しんでゐたのだ。春さきのことでヒロ子は、あいにく其の日、厚地の冬ヅボンをぬいでスカートにはきかへたばかりで、おまけに素足でゐた。かみつかれる怖れから、ヒロ子は彼の鎖をほどいて、庭へ連れて出る決心がつきにくかつたが、あまりに彼が苦しげに、まるで気が狂つたかのやうにぐるぐる廻つてゐるので、かみつかれるのを覚悟で鎖をほどいて庭へ連れ出した。と、彼は一刻のゆうよもない程にとび出すや、あわてて土をかきほぐして、便を足した。それ以後、ヒロ子は彼からかまれぬといふ自信を得た。

ポチもテルも鎖でつながれ放しで、散歩や運動をさせられることはなかつた。おもやの人達は毎日忙しく、くらしに追はれてゐた。まつたく、はなれからおもやのくらしを見てゐると、ヒロ子は、中商工業といふものの苦しさを身にひしひしと感じて、彼女自身、不安にさそはれる位だつた。中々、犬の運動まで手が廻りかねた。ヒロ子自身、運動せぬ犬たちを毎日哀れと思ひつつ、さて、彼等をつれて散歩に出ることはし得ぬのであつた。ヒロ子の親友は、鎖でつながれた切りのポチを見て、「よく、生きてゐるわねえ」と呆れ顔で云つた。ヒロ子はさう云はれると犬を不幸に見すごしてゐるやうで恥づかしかつた。

所が、ヒロ子が越して来て半年程した夏の初め頃、かみつく癖のあるテルが或る夜家出をしたのだつた。夜、用便のために庭に連れ出されてから、彼の鎖は、いつものやうにしつかとつながれてゐる筈だつたのが、はづれてゐたのに家人が気がつかなかつたのだ。もう午後十一時頃で、ヒロ子は床の中に入つてゐた。おもやの主人が、はなれの雨戸をたたき、テルの家出を告げ、もし、はなれのまはりにでも戻つて来たら、何か食べ物をやつてつかまへて欲しい、と云ふ。主人は家に帰つてから起きてゐるつもりだつたのが、前夜、仕事のことで徹夜したあとで睡けにまけて、ねて了つた。牡犬テルは牝犬ポチにひかれて時々庭に帰つて来、その度彼のひきずる鎖の音がするし、ポチも鳴くので好都合だつたが、ヒロ子がどんなにそうつと立ち出てもテルは素早く逃げ去つて了ふ。それでヒロ子はおもやの主人を迎へに行つた。彼は起き出て来て、今度は、はなれの縁側でテルを待つことにした。彼は蚊取り線香をつけ、そしてヒロ子から雑誌とスタンドを借りて起きてゐるつもりだつたが、結局、縁側で寝込んで了つた。ヒロ子は彼に蒲団をかけてやり、そして彼女自身が眼を覚してゐて見張つた。ヒロ子は翌日久しぶりで上京の恩師の夫人と珍しく芝居見物を共にする筈だつた。睡眠不足でそんな翌日をすごすことは残念だつたが、どうも仕方ない……　テルの方はひさしぶりに解放されて、どんなにかのびのびとした気持で、喜んでほつつき歩いてゐることであらう！　「今度こそ、あいつは殺して了はう」と先刻おもやの主人は云つた。以前にも時々テルはこんな風に逃げ出すことがあつたときいて、ヒロ子は恐くなり、かみつかれる人間の迷惑にはかへられないから、「今度こそは殺す」といふ主人に彼女も賛成した。テルが最後の一夜を自分の望み通りの自由を楽しんでゐるのは、彼に対して、せめてもの心やりでもある……。そのうち、雨が降り出した。明日殺される身とは知らずにぬれそぼち乍ら歩き廻つてゐるテルの姿を思ひ描いて、ヒロ子は哀れでならなかつた。自由を欲し、逃げ出したとて、犬自身には罪はないのだから……。幸ひ、夜がふけた事とて街には人通りは殆ど無いからテルがかみつく怖れは少かつた。ヒロ子は、テルの鎖の音をはなれの前後の地上に幾度か聞いたが、つかまへ得ぬうちに夜があけた。彼女は思はず、疲れから少しうとうとした。眼をさますともう八時近くなつてゐた。はなれの裏手の方で犬の鳴き声がするやうなので彼女はおもてに出て見た。はじめはみつからなかつたが、二度目にもう一度出てみてあちこち見廻すと、テルが鎖をはなれの裏手の崖の端の方の何かにからませて動けなくなつてゐたのだつた。おもやの主人を起こした。丁度、店の人も一人出勤して来て、主人と二人で梯子《はしご》をかけてテルをそこから抱きおろした。

ヒロ子はテルがうまく捕まつたので、その日心おきなく芝居へ行けることを嬉しがつた。そして自分のゐない留守中にテルが殺されることを幸ひに思つた。テルが殺されるのを見たくなかつたから……　だが、彼女の考へは兎角《とかく》テルのことに向いた。芝居を見てゐる間もテルのことが殆ど絶えず彼女の心に浮んで来て、彼女の心は沈んだ。夜、帰宅しておもやの脇を通つた時、彼女は窓から主人に

「テル、どうしました?」と恐る〳〵聞いた。

「ゐますよ、今日は大変おとなしくしてゐます」と主人は答へた。

「ああ、さうですか?」ヒロ子は、ホッとして、はなれに帰つた。

主婦と、店員の一人との反対で、今度もテルは殺されなかつたのだつた。テルは一晩中思ふままにほつつき歩いて満足したからか、それとも謹慎からか、その後二三日ひどくおとなしかつた。あまり、ほえ声さへ立てなかつた。そして其の後も、おもやの裏手土間につながれた切りで時々用便に庭に出された。時としてはそのまま数時間おもてにおかれ放しのこともあつたが、冬になるとテルの坐る庭の位置はおもやのかげになるので日当りが悪く、寒かつた。運動も足りず、寒さの中にぢつと坐つてゐるテルを見ると、ヒロ子は「人間なら、早速、肺病になる所だらう」と思はずにゐられなかつた。「自由をしばら

れ、本能もおさへられた儘でも生きてゐる方が、一と思ひに殺されるより幸福かどうか」と、ヒロ子は度々考へ迷つた。交尾期の時、牝犬ポチの所へはよその牡犬達がよくやつて来た。さういふ時、テルは土間の中から盛んにほえて威嚇する。するとよその犬たちは急いで立ち去るのだ。その犬たちのあとを、ポチは尾をふりつつ未練さうに立ち上つて悲しげに鳴いて見送る。そのポチの姿をヒロ子は哀れと見乍らも、彼女が仔犬を生まずにゐることを喜んだ。今ではもうポチはヒロ子の飼犬みたいになつてゐた。ヒロ子が泊りがけで外出する時など、ポチの食事のことを、逆におもやの主婦に頼んで行くやうになつた。ポチは家出しつこないとヒロ子は思つてゐた所、ある夕方、よそから帰つて来て、おもやの脇を通つてゐると、うしろに犬のついて来る気配がするので、どこの犬かしらと思つて振返つたら、ポチだつたのでびつくりした。どうして鎖がはづれたかヒロ子には分らなかつたが、併し、これから後安心出来ないと思つた。ポチはかみつきはしないが、併し、よその店か台所の食べ物をかつさらふ怖れが充分あつたので……　ポチは、食べ物を見せられると忽ちあつけなくつかまへられた。それから数日して、今度はテルの方が再び逃げ出した。今度も夜で、ヒロ子が床に入つてからのことだつた。冬のさ中とは云へ、又々、犬の発情期と見えて、ポチの所へよその牡犬が来てゐるけはひだつた。その日、テルは夕方から庭に出され放しになつてゐた。ヒロ子はテルがよその犬に向つて盛んに威嚇してゐる声を床の中で聞いてゐた。やがてそれは一旦しづまつた。そのうち、月に向つてでもほえてゐるやうな一種異様なほえ声がしたのでヒロ子は気になつたが、別に起き出てもみなかつた。そして再び静かになつた。おもやの主婦が「テル、テル」と呼ぶ声がした。暫くすると主人がはなれの戸をたたいたのでヒロ子は起きて行つた。テルの厚い皮製の首輪がちぎれて、今度は鎖なしで逃げたといふ。「又しても徹夜だ」とヒロ子は腹立たしく思つた。ねまきの上に洋服の冬外套をはおつて庭へ出た。いつかの夏の時とちがつてまだ宵の口とて、おもて通りには人通りがあつた。テルの狂犬病予防注射の効めの期間はもうとつくにすぎてゐた。

「おもやの主人は、こりるがいい！」さう、ヒロ子は腹立ちまぎれに考へた。

主人はあま食パンを幾つか買つて来て、その幾つかをヒロ子に預けた。テルがはなれに近づいた時つかまへて貰ふために……テルは今度も女犬ポチに心をひかれて、チョイ〳〵庭へ帰つて来ては、人の気はひがすると、すぐ又、逃げて行つて了ふのだつた。女犬は女犬で、しきりに耳をすます恰好で立つてゐて、時々、悲しげに鳴いた。それから思ひついて主人はポチをつれてテルを探しに行つた。はじめはテルはそばまで来て逃げたが、次ぎにまた主人が探しに出直した時には、テルの方からポチに寄つて来た。丁度そこは犬猫病院の前だつたので、主人はその病院の中へ二匹を追ひこみ、預つて貰ひ、一旦家に帰つてテルの首輪をとりあへず修繕してから、それと鎖を持つて引きとりに行つた。病院の土間でテルはポチにたはむれてゐたが、主人に連れ帰られてからも、テルはしきりにポチを求めてゐた。

「ひとの気もしらないで……」と主人は妻に云つて、苦笑した。

ヒロ子はテルが案外早く捕まつた為め、心配が早く解消したのと徹夜せずにすんだことを喜んだ。同時に、おもやの人たちから疎《うと》んぜられてゐたポチがテル捕獲に役立つて存在価値を認められるに到つたことをも喜んだ。おもやの主人は「今度こそ、テルは殺して了ふ」と又もや云つたが、今度はヒロ子は賛成しなかつた。「犬には罪がないのだから……チャンと飼ふやうにして飼つた方がいい」と進言すると、主人も直ぐ同意した。

その夜はそれから直《じ》き雪になつたので、テルが早く捕まつたことは人にとつては大変好都合だつた。翌日は一日中雪が降つてゐた。其のせゐか、それとも、一二時間だけでも前夜心ゆく散歩が出来たためか、もしくは発情期の本能が満足させられたためか、テルもポチも大変おとなしくしづかにしてゐた。ヒロ子はそんな犬たちに、何か「よかつた」とホッとする気持を感じる一方、ひとり暮しのうちに若さの去つた自分を、ふと久しぶりにしみじみ省みる気にもなつて、少しさむざむとした味気なさをも感じるのであつた。

犬と私

伊藤　整

昭和七年頃、川端康成氏が鎌倉へ越す前、上野にいた頃、その邸宅は犬の吠え声で大変だつた。庭の中には何匹もの犬がいて、私たち外来者があると五色ぐらいの声で吠えたてた。呼鈴を鳴らしてから、主人か奥さんが出て来るまでの間は心細いものであつた。犬の声は、吠えられる当人を、住居のない浮浪者か、追われるカッパライか、悪い企てを隠している紳士であるかのように感じさせる。ケンニンジ垣のかげの中庭で、犬がケンケンケンと声をふりしぼつて鳴き立てると、それはこう言つているようである。「その人間、いまそこに立つているその男の中には、僕の敵がいます。あやしいものが、たしかに、その人間の内側にかくれています。それが、誰も分らないのだ。おれしか、このおれにしか分らないのだ。もどかしい、苛立たしいことだが、おれにしか分らないのだ。そいつを警戒して下さいよ」どうもそう言われるような気がする。そして川端さんが門口へ出て来て、あのマバタキをしない眼で、当り前より心持ち長く見つめるあの見方で、じつと、私の顔を見ると、私は「もう駄目だ、この世には隠れ場所がない」という気がしたものである。それに続いて心に浮ぶのは、何でも構わない、口に出る言葉をみなこの人に喋つてやろう、という衝動であつた。

玄関から入ると、向う側に六畳や八畳の、三室位続いた座敷があるが、その室のフスマの間、畳の上を、それぞれまた別な犬がクンクンクンと悲しげに訴えたり、ワウワウワウとうなつたりしている。それはまた、ここの主人はひどい人だ、私を犬にして、こんなうす暗い座敷へ閉じこめました、とつぶやいている人間の仮りの姿のような気がするのだつた。当時川端家にいたそれらの犬は、実は血統のいい幾種類かであつたことは、そのあとで主人が書いた「禽獣」を読めば分る。しかし当時の私にはそんなことは分らなかつた。そういう座敷の前を通つて、主人は私たちを、カギの手に曲つて庭に突き出ている二畳の小部屋に導き入れる。その真中にカリンの卓があつて、そのまわりに人が坐るようになつている。その狭い場所へ気をつけて坐つて、主人と顔を合せると、またさつきと考えが変つて、この人にはどんなことをも言わなくつてもいいんだ、と思うのであつた。

二畳間というものがいかに小さなものであるか、私たちは忘れている。それは三畳間の三分の二しかないのだ。小鳥を入れた籠がその室の隅や軒下につるしてある。主人が一角に坐る。先客が一人。私よりあとの客が一人。それでもう坐る所がない。すると私はそわそわして不安になる。もう一人客が来たら、この三人のうち帰らなければならないのは誰だろう。私がいるために、どうしても立たなければならなくて困る人ができるのではないか。つまり、川端家は全く、人間に安らかさを与える条件を欠いていた。何となく追い立てられるような気持で、私は早目に腰をあげた。オレよりもあの家の大部分を占領している犬や鳥どもが生きる権利を持つているのだろうか？　と考えながら、私は外へ出るのであつた。

この頃、私は山羊を飼つているが、ある友人が私の顔を見て言つた。

「人間はその飼つている動物に似て来るそうだ。」

「段々僕が山羊に似て来ると君は思つているのか？」

「いや、そう思えばそうだが、似てる方が最初で、その動物を飼うことが結果ではないのかな。」

「どうも分らなくなつた。」

私は以前に、三四人の友人と、自分はどういう動物が嫌いだかということについて、話をしたことがあつた。その中に一人、蛙の恐怖者がいた。彼は目が細く、むつと脹れたような平たい顔をした男だつた。彼が言つた。

「いつか森の中で、もう少しでヒキガエルを踏みつけそうになつたんです。足がすくみました。ぞつとする、何とも言えない、怖ろしさを感じました。蛙の類はみんな怖ろしいです。」

その次にまた三四人集つたとき、その男がいなかつた。

「なぜあいつは蛙がおつかないんだろう?」と一人が言つた。

私はためらいがちに口を切つた。

「こんなこと言つたら悪いかも知れないが、あの話をした時に、あの男の顔が突然蛙とそつくりに見えたんだよ。僕はそれを言いたくて仕方がなかつた。」

「あつ!」ともう一人、顔の長い大男がそばから言つた。

「君もそう思つたかね。おれも実はそう思つたんだ。ふしぎだなあ。なぜこんな不合理なことを、二人の人間が同時に感ずるんだろう。」

人間は自分に似るものを怖れるものだろうか。私と、その男とは、たがいに探り合うような目を交わした。

しかし、犬の話だから、本筋へ戻ろう。私も犬を飼つたことがある。早稲田大学仏文科の根津憲三氏からもらつた雄の、テリアの小犬であつた。ベルという名をつけ、家中で可愛がつて育てた。一年ほど経つて大分大きくなつた時、表通りでバスにひかれて死んだ。

死骸を片づけたあと、鑑札と首環をとつておいて、玄関のかけ釘にかけておいた。私の書斎は玄関の隣だつたが夏のことで、玄関を開けておくと、時々コロコロという可愛い鈴の音がした。出て見ると、それは小型の座敷用の犬だつた。向いの家で飼つている犬で、死んだベルの友達だから遊びに来るのだろう、と家の者が言つた。私もそう思つていた。何となく人生を明るくする小さなことがあるものだ。あの鈴の音もその一つだ、と。

二日たつても三日たつても、その小犬は玄関へやつて来た。コロコロと音を立てて、せまい一坪の玄関の中をくるくると二三度走りまわり、また出て行く。二三時間するとまた入つて来る。私は段々不安になつて来た。どうして犬がそう正確なのだろう、と。

「あれはオスかメスか?」と私が訊いた。

「メスだわ。」

私は玄関を見まわした。何があるというのだ。壁の上の釘に、死んだベルの首環がかかつていた。私はそれを持つて出て、外の生け垣にひつかけた。そして窓から見ていた。すると、向うから例のコロコロという音がして来る。それが生け垣の首環の下で止まり、そこからまた音が遠ざかつた。間をおいてまた音が近づき、そこでしばらく聞えてはまた遠ざかる。それは彼女の愛人の、オスの匂いだつたのだ。これが人生を明るくする小さな音だつたのか、と私は考え込んでしまつた。

それ以後犬を飼つたことがない。しかし戦後住んでいる家は、ひどい田舎で、近所ではみな用心のために犬を飼つている。うちでも犬を飼つた方がいいと話し合つていた。すると今度は工業大学の東宮隆助教授から、当歳の犬をあげましようという話があつた。

「喜んで頂きます。ちようど家族会議できまつた所ですから。」

「ただ」と東宮さんが私に言つた、「少々ぜいたくに育てた犬でして、パンはバタをつけなければ食べません。白いお米のごはんでも肉の汁をかけないと食べません。ただのパンやごはんをやりますと、何日も絶食しております。ですから特に伊藤さんに養つて頂けると幸福だと思いまして。」

私は唇を一文字に結んだ。これは容易ならん話になつた。しかし紳士として口に出したことを引つこめる訳にも行かない。そんな犬なら頂きかねます、と言つたら、一生ときどき思い出して、一匹の犬に負けたような気がし、私は生きることに確信を失い、自分は真の生活をしなかつたのではないかという疑いにおそわれるだろう。

「サカナ、サカナは食べますか？」

「はあ、サカナは食べます。」

「結構です。頂きましょう。」

子が生れたら一匹を東宮さんに差しあげるという約束で、私はその犬をもらうことにした。しかし約束をしながら私は考えた。この温厚篤実そうな東宮先生というのは、とんでもない人だ。この戦後の窮乏せる人間社会の秩序を破壊するような人だ、と。しかし私はその犬がサカナを食うということを聞いて安心した。チクショウメ、お前にはアジの背骨やら、腐りかけたニシンのシッポやら、メザシのカラカラに乾いた頭が二十くらい並んだ串やら、シオジャケの大骨なんかを山ほどやつてタンレンしてやるぞ。イトウ家のストイックな生活で少しは今の世の中をサトルがいいんだ。見たこともないその高貴な育ちの犬に、私は心の中でコブシを振りまわした。

しかし東宮助教授に向つては、私はにこやかなインギンな態度で言つた。

「いや、どうも、たいへん高貴な育ちの犬のようですな。」

「はあ、少しぜいたくをさせすぎましたかしら。でもそんな犬ですから、伊藤先生にもらつて頂けますので、ほつと致しました。」

私はしかし、ひよつとしたら、この温厚篤実な東宮先生が案外人が悪くて、私をカツいでいるのではないか、と疑つた。同時に、私は、バタをつけなければパンを食べず、肉汁をかけなければ白い飯を食わない犬なんか当節居る筈がないと思う自分をさもしい人間だと考えたり、また、そういう食べものを目の前において何日も絶食するという高貴な性質の犬に較べれば、我々人間は生きている意味があるだろうかと思ったりした。これを要するに、私はあらかじめその犬に脅かされたのであったろう。

その犬、「ミミイ」が、箱に入れられて送られて来た。その犬は当歳のメスで、まだ大人になっていないせいか、ちっとも吠えなかった。静かな、何となく優美な、ほっそりした姿をしていて、私の家族はみな一種の敬意のようなものを初めからミミイに払った。早速犬小屋を作って入れた。そして白いパンを一切れやってみたが、私の顔を見上げて尾を振るばかりで、食べようとしなかった。ごはんもやったが、やっぱり食わなかった。パンにバタをつけると食べた。肉と野菜を煮たのをやると食べた。バタをつけないパンは泥にまみれ、蟻が一面にたかっていた。予定に反し、私はこの犬に一種の敬意を感じ、なるべくテイチョウに養うようにと妻に言った。私は何となく、いい家の娘を養女にもらったような気がしていた。

三月ばかり経ってから、東宮先生も心配していたらしく、ある日奥さんと子供さんを連れて遊びに来た。

「実は家内が可愛がつて育てたもので、あれがいなくなつてから、淋しがりますので、一緒にお邪魔いたしました。」

と、東宮さんは私に言つた。

ところがミミイは旧主人が来ていることに気がつかないのか、一向平気で、庭先をのぞきまわつていた。東宮夫人は、いかにもなつかしそうにミミイを見つめていた。何度目かに東宮夫人が「ミミイ」と呼んだ。突然ミミイはもとの主人を思い出した。そして私の家族には見せたことのない興奮したさまで、伸びあがつて夫人に飛びつき、何度も何度もそれをくり返した。私は見ていて、ほつとした。夫人はいかにも来た甲斐があつたというように着物に泥がつくのも構わず抱いてやつていた。私もほんとうによかつたと思つた。もしミミイが古い主人を思い出さなかつたら、東宮さんや奥さんはどんなに淋しかつたろう。

だが、そんなに興奮してもミミイは吠えなかつた。私は東宮さんに言つた。

「ミミイは吠えませんね。」

「吠えませんか。まだ大人にならないからだ、という人もあります。」

「ははあ。」

この犬は、あんまりいい人たちに育てられたので、あらゆる存在に敵を意識しないせいではないか、と私はひそかに考えた。やつぱり少しずつ育ちを悪くして、ひがんだり、おびえたり、ねたんだり、疑つたりするように教育しなければならない、と決心した。それを私は、例の魚の骨をやることから始めた。初めのうちは、肉のある所を食わせ、段々頭をやり、骨をやり、次には飯に魚の汁をかけてやり、次には味噌汁をかけてやつた。味噌汁をかけた飯をミミイはいかにも気が進まぬさまで、なめて見ていたが、それでも食べるようになつた。

それを見ていて、私は自分を罪ふかい人間だと思つた。私はこの犬を欺いている。私はこの次には冷飯をやるだろう。オコゲをやるだろう。パンの皮をやるだろう。そしてこの犬の中にある上品な、やさしい気質をなくして、がつがつしたつまらぬ犬にしてしまうだろう。しかしあらゆる高貴なるものが失われて行くのは社会的必然だ、と私は呟いた。高貴？　高貴とは何だ。それは物質の不正なる集積の上に作られたる精神の白痴的な変質以外の何物でもない！

という種類の論理を述べる友人を多く私は持つているではないか。

ある日ミミイは吠えた。家中が喜びの声をあげた。彼女はオシではなかつたのだ。その吠えた対象は少し離れた家から使いに来た六歳の少年と五歳の少女との二人であつた。少女は泣き出し少年は蒼くなつた。しかし、ともかくミミイは吠えた。だがその次の雨の日ミミイは突然、ものにおびえて泥足で座敷の真中まで逃げ込んで来た。彼女のあとから顔を出したのは、珍しく笠と簑をつけて御用ききに来たいつも来る魚屋であつた。この時ミミイは全然吠えなかつた。つまり、それと類似の印象を与える人物が現れた場合、ミミイは座敷へ逃げ込みはするが吠えないであろうことが証明された。例の少年と少女がお使いに来る毎にミミイは吠え、彼等は寄りつかなくなつた。粗末な扱いをすれば吠えることは分つたが、吠えるべき時に吠えるようにするにはどうしたらいいのだろう。

「どうしたらミミイはちやんと吠えるようになるだろう?」

私は来る人毎に問うた。長いこと犬を手がけたことのある人が答えた。

「つまり、この犬はまだ色気がないんだ。これから恋愛して、子を産んでからだ。メスは子を持てば突然強くなるものなんだ。子を産む。すると、そのあとでは、常に絶対に守るべきものが自己の背後《うしろ》にあると思いはじめるのだ。メスが吠えはじめるのは、そのときだよ。」

若しミミイが子を産むことによつて強くなり、疑いや憎しみや征服慾を抱くようになるものならば、私はまだ希望を抱いていいわけである。

そうすれば我が家の守りが極めて安泰になるのみならず、ミミイの吠えないことを気にかけている東宮助教授を安心させることもできるし、かつその子の一匹を東宮助教授に差しあげて約束を果たすこともできるわけだ。なお東宮先生を安心させるために書き添えれば、私はこの見通しを得てから再び、彼女のパンにはバタを、飯には肉汁を、それぞれ出来る場合には欠かさぬように添えて、美しく優しいメスとして、育てるように気を配っている。

わが犬の記　愛犬家心得

川端康成

わが犬の記

1

吉田謙吉氏が「読売新聞」に連載してゐる文士の書斎採集なぞにも、私は愛犬もが書斎の一部であるかのやうに書かれてゐるが、結局のところ私のやうに神経質な者は、愛犬家にはなり得ないやうである。散歩の道づれと神経質をなほす助手と、これらは私の畜犬の実用的な目的であつたし、ちやうど一年前コリイ種を買ひ入れた時などは、家のなかでいらいらすることが目に見えて少くなるのは自分にも分つたが、世上の愛犬家の列に加はるほど、わが犬のために自分の神経を忘れることは、やはり出来ない。

例へば、私の家とほど近いお住居の藤井浩祐氏のやうに、庭に出てゐた犬達を土足のまま寝床へもぐりこませるといつた風なことは、私には出来ないのである。絹夜具ならばぱたぱたとはたいただけで、土ぼこりは落ちるさうである。また、交尾期の牝犬が二三頭もゐたりすると、寝間着は朝に点々と赤くなつてゐるさうであるが、そんなことも私には我慢ならない。藤井氏の腕を枕に眠つてゐる犬が多いために、寝返りもなるべくしないといふ話である。私も犬を寝床に入れはしても、なにかが自分の肌に触れてゐると眠れないのである。もつとも藤井氏なぞは、畜犬道に於ても、円熟期に入られた大家といふべく、淡々として妙境に遊ぶの観がある。しかし、女の猫可愛がりに似た愛犬振りには、正気の沙汰と思へぬ溺れ方が多く、聞く方では反つてなんだか悲劇的なものを感じ、動物としての自然さを余りに失はせようとすることは犬を醜くするが、いづれにしろ私なぞの遠く及ばぬ話ばかりである。

「文は人なり」といふやうな意味で、「犬は人なり」とか、「犬は飼主の鏡なり」とか言はれてゐる。西洋映画なぞで、例へば軽業師《かるわざし》の愛犬が、飼主の真似をして、しきりにとんぼ返りをするやうなことは、時々見せられるが、犬はその性格や態度が飼主に似るばかりでなく、その容貌までが飼主に似て来るものである。三度主人を変へた犬は、飼ふに価しないといふくらゐである。前の主人達の性質の短所が犬にしみこんでゐて、なかなか抜けないからである。洋犬は一般に成犬になつてからも、新しい主人になつきやすいけれども、子犬の時から愛育しなければ、やはり自分にぴつたりとした犬は出来ない。人間にしても、人手を渡り歩き、もう物心ついた子供を養子としては、どうもぴつたりしないのと同じである。しかも、保護者の心の動きをひたすら見つめて、それに応じた生き方をする点では、犬は人間よりも遥かに純粋である。日本では街頭に放し飼ひすることが一般とされてゐたが、あんなものは犬ではない。あんなことでは犬を飼つているとは言へず、ただ野良犬に飯をやつてゐるといふだけの話である。人間ならば浮浪児である。

従つて、よい犬を作り上げることは、やはり芸術である。愛情ばかりでは足らず、天才と忍耐とが伴はなければならない。美しい体型や傑《すぐ》れた性能を作るために、その道の達人がどんなに苦心するかは、犬通でない私がここに紹介するまでもないことながら、ただ、私なぞが飼へば神経質の犬となる恐れがある。犬は私が神経質であることをちやんと知つてゐて、私の神経を見つめてゐるのがいけない。或る人がイギリスへコリイを註文してやると、コリイ種のやうに一入《ひとしお》人なつつこい犬は、人と犬との接触の折の少い家屋の構造の日本では、神経衰弱になつて早死するだらうと、言つてよこしたさうである。今私の家にゐるグレイハウンドなぞは、まことに神経がむき出しである。そして勿論、たいていの犬の美しさは、犬が神経質であるといふ点によるところが多い。けれども、人間の神経質と動物の神経質とはちがふのである。動物の神経質といふものは、かがやく明るさの美しさなのである。そして、街頭に野放しされてゐる犬よりも、家のなかに愛育されてゐる犬の方が、反つて野性の純潔さを保つてゐるものである。

2

私の家には今六頭の犬がゐる。春にでもグレイハウンドとワイヤア・ヘエア・フオックス・テリヤとが、都合よくお産をすれば、一時は十五六頭にも殖えるだらう。そのほかにもまだボルゾイ種は手に入れたい。

しかし、ほんたうに犬を愛し、ほんたうに犬から愛されるには、やはり一人一犬に越したことはないのであらうと、私も考へる。犬は犬よりも人間が好きである。犬同士の間では、犬は個人主義的であり、親子夫婦の愛情も、それが種族保存の役目をつとめる時の間しか続かないのが普通であるけれども、人間の飼主への愛情は全く没我的であつて、犬といふ動物は人間から愛されるために生き、人間を愛するために生きてゐると言つてもいいであらう。生れて間もなく、まだ目も見えず、よく歩けもしない頃から、もう人間への愛情は本能的に子犬のうちに目覚めてゐる。愛されると愛されないとで、犬は直ぐその身振りや眼色や顔つきまでもちがつて来る。それだけにまた、嫉妬《しっと》深いことに驚く時もある。以前私の家に狆《ちん》とテリヤとの雑種風な黒牡丹と呼ぶ犬が一頭しかゐなかつた時、よそから子犬を一頭もらつて来ると、黒牡丹はそれから四五日の間、飯もろくろく食はず、呼んでも近づいて来なかつた。病気のやうに見えた。ところがそれは、子犬に愛を分たれるやうになつたので、すねてゐたのであつた。犬屋に多く雑居してゐる間は、気が荒かつたり、素直でなかつたりする犬も、買ひ取られて一頭きりになると、急に人なつつこくなる例は幾らもある。

それに数多くゐると、やはりその時々によつて愛がかたよる。殊に女なぞは銘々にそれぞれの愛犬をこしらへたがる。二頭が同じやうに障子の桟を齧《かじ》つたとしても、叱られるのはいつも一頭の方ばかりだといふやうなことが起る。冬の炬燵《こたつ》代りに寝床へ入れるにしても、最初に主人が彼の好きな犬を選び、最後の残り犬を女中がつれてゆくといふやうなことになる。主人の愛の薄い犬を、女中が哀れんで可愛がるのは、人情の自然であるが、さうするとその犬はいつの間にか女中じみて来る。犬といふものは、一家の人々それぞれの家庭内での地位を、よく知つてゐるものである。賢い番犬は訪客の種類を見分ける。主人だからといつて尊敬し、女中だからといつて軽蔑するわけではなからうが、主人と女中とでは、飼犬への態度も自然とちがふわけで、主人の大切な犬には女中が幾らか遠慮をする、さういふところに犬は敏感なのである。例へば、私の自家産のワイヤア・テリヤの牡などは、子供の時からこはいのは私だけで、女房や妹や小さい女中だと、叱られてゐる間はじつとしてゐるが、叱るのを止めると同時に、怒つて飛びついたり、後を追つかけたりする。女房がその子犬を甘やかせ過ぎたからである。そのかはり、女房が家にゐないと、そはそはと寂しさうに家中を捜し廻つてゐる。

しかしながら、四五頭または二三十頭を、こせついた芸当など教へることなく、溺れることなく、厭きることなく、平等無差別に淡々と愛する味ひは、けだし畜犬の三昧境であるかもしれない。犬ばかりでなく、いろいろな動物のために設計した家を建て、動物の群のなかに一人住むことは、私のかねがねからの一つの空想である。

勿論、犬種によつてそれぞれの性能があり、飼育の目的に従つて犬種を選ぶべきで、訓練を施すことなしにセパアドやドオベルマンを飼ふことは寧ろ危険であるし、猟もせぬのにポインタアやセツタアを飼ふことは無益に近いが、余りこせこせした芸当を覚えさせて、犬を曲芸団の子供のやうな感じにしてしまふことは、反つて醜いと私は考へてゐる。犬は人間の智慧の分け前を持つが、人間の偽りの分け前を持たぬといふことはほんたうだとしても、犬はやはり動物として愛すべきである。愛する犬のうちに人間を見出すべきではなく、愛する犬のうちに犬を見出すべきである。いはゆる「忠犬物語」は古今東西に数限りなく、動物愛の宣伝として始終書き立てられてゐるが、忠犬を求めることは必ずしも犬を愛する道ではない。孝子節婦の美談は読んでこそよけれ、実際その人に会つてみれば、面白くもない人間が多からうし、悲惨な境遇が産んだ歪みに過ぎないこともあらうし、人間の幸福として万人に求めてならないことは、犬の場合も同じである。ただしかし忠犬は忠臣よりも遥かに自然である。犬の忠実さには、本能的な生の喜びがいつぱい溢れ、それが動物のありがたさである。

3

私はまだ畜犬の日は浅いけれども、私の家で死んだのは黒牡丹一頭きりである。今から思ひ返すと、全くこちらの不注意から殺してしまつたといふことが、はつきり分るだけに哀れであるが、死の前の晩に夜通し頭を撫でて慰めてやつたことは、せめてもの心やりである。犬といふものは主人に対して不機嫌な時がない。いついかなる場合にも飼主の感情に素直に応じてくれるものである。人間同士のやうに時によつて感情の調子や方向がそむき合ふといふことがない。死の苦しみが迫つてゐても、主人に愛撫されると、力なげながら尾を振つて答へる。主人の姿が見えなくなると、よろよろと後を追つて来る。黒牡丹が死の朝、ばたりばたりと倒れながら、庭に下りて行くので、どうしたのかと見てゐると、それはひどい下痢の糞をするためであつた。座敷でしては叱られると思つてである。味気ない思ひで帰つて来た夜更けなぞ、犬が飛びついて迎へてくれるのは、心明るむ嬉しさであるが、黒牡丹は特にこの歓迎ぶりが大袈裟《おほげさ》であつた。二階への階段を駈け上つたり駈け下りたり、家中を飛び廻つて喜ぶのであつた。私と女房とが揃つて出かけ、ひとり残されたりすると、腹立ちまぎれに蒲団や畳をさんざんに嚙み破り、枕の上に糞をし、押入れの紙戸まで突き抜けて主人を捜し廻るのであつた。だから死なれて見ると、しばらく私も女房も家にじつと落ちついてゐることが出来なかつた。

　コリイ種の牡が盗まれた時も、私は一月ばかりぼんやりして仕事が手につかなかつた。雪の谷中の墓地を真夜中に歩きながら、子供を失つた親心はこんなものであらうかと思つた。犬の声がみんなうちの犬に似てゐるやうに聞え、その度に家を飛び出すのだが、寝静まつた夜更けなぞは、十町も十五町も遠くで吠えるのが間近のことのやうに聞えるのであつた。毎日歩き廻り、タクシイに乗つても街にきよろきよろ目を配つてゐた。幸ひ新聞配達が行先を見つけてくれたけれども、さあ犬がゐなくなつたと言つて捜しに出すと、家人達は私の剣幕《けんまく》を恐れて、見つかるまではなかなかよう帰つて来ないのである。犬の盗難は頻々とある。少し筋の通つた犬ならば、門を出したら先づとられるものと覚悟しなければならない。警察では畜犬逸走届とかいふものを受けつけはするが、犬の知識のある警官は殆ど稀れで、価格を聞いて驚きながら、たかが犬一匹と考へてか、実に冷淡である。高い畜犬税を徴し、野犬狩その他の方法で多少とも犬種の改良を考慮してゐるのなら、相当な犬にはもう少し親切であつてもよささうなものである。また盗む人間も余りに心ないしわざといふべく、人の子供が街頭に迷ひ出たとして、さうむやみに連れ去ることの出来るものであらうか。

このコリイの牡は、前に私のところにゐた同種の牝と仲よく一つ犬舎に暮してゐたにかかはらず、グレイハウンドの牝犬とは、どうもいつしよに入りたがらない。彼女を嫌つて、自分は縁の下にもぐりこんでしまふ。寒さに向つてそれでは困るので、この頃は犬舎で眠るやうに馴れさせたが、ややもすると、グレイハウンドを追ひ出す。これでみると、異種の牝を毛嫌ひする牡もあるらしいのである。また私のワイヤア・ヘエア・フォックス・テリヤの牝犬は、珍らしく母性愛が強い。子犬が五六ヶ月に成長しても、まだ小便を飲んでやり、大便を食つてやらうとする。この頃はまた、ほかの犬の子供を母犬に代つて抱きながら、出もしない乳房を吸はせてゐる。そして、産みの母犬と子供を奪ひ合つて、死にもの狂いの喧嘩をする。この犬からは女の母としての本能を、しみじみと教へられた。授乳中の子犬は母親の口のなかへしか糞尿をしないくらゐに、牝犬は人間の母に劣らず、よく子供の世話をする。産後のしばらくは、子犬のためにおちおち眠りもしない。犬を愛する人間の側から見ても、私の日尚浅い経験から言へば、出産から離乳の頃までの子犬を母犬と共に育てるのが、一番楽しいやうである。傍についてゐてお産の手伝ひをしてやつてゐると、新しい命の誕生といふものの喜びに打たれる。また、この世の恐れを知らぬ子犬がだんだん飼主の感情のなかへ移り住んで来る経路《けいろ》は、とりわけ面白い。

　私はまださう多くの犬を飼つたことはないし、強ひて犬の習性を研究しようと考へたこともないが、犬それぞれにちがつた性格の具はつてゐることは、人間のいはゆるなくて七癖と同じである。歯茎《ぐき》を見せて笑ふ犬も、私の家にゐた。涙をぽろぽろ流して泣く犬も、私の家にゐた。

（昭和七年）

愛犬家心得

セツタア種の子持ちの牝犬が、新しく買はれて来たセパアド種の子犬への嫉妬の余り、鉄道線路へ自分の子供を銜《くは》へて行つて、母子心中をくはだてたといふ騒ぎが、さきごろ私の知人の家にあつた。やはりほかの犬への嫉妬から、家出をしたといふ犬の話も稀れには聞く。

手近な私の飼犬の例を一二拾つてみる。

ドイツ人の家に生れてゐたもので、とにかく小型長毛のテリヤの雑種にはちがひないのであらうが、犬通に見せても素性の見当がつかない。その形がをかしくて、買つて来た子犬であつた。成長してからも、その姿は誰をも笑はせ、誰にも尾を振り、番犬の役に立たないのはいいとしても、どうも悪賢くて、いろいろの悪癖《あくへき》が現れた。いつたい犬の悪癖は、子犬の時にそれを直してやらない飼主の罪とはいへ、遺伝的なものになると、たいていの人間は根負けして、癇癪《かんしやく》を起さずにゐられないほどに根深い。もろもろの感化事業も、人間の悪童を救ひ切れぬと同じである。

血統書ばかりでなく、親犬の習性をよく調べた上で、子犬を買ふのは、愛犬家心得の一つである。

例へば糞尿にしても、雨などで散歩に出してやれぬ時は、一日でも二日でもこらへてゐるのでなければ、また外に連れ出した時は、家を二町以上離れてから尿するのでなければ、その犬は馬鹿であると、さる犬の大家が私に言つた。これなどは少し極端な言葉であるが、うちの庭を絶対に汚さないくらゐの犬は、いくらもゐるのである。私の黒牡丹といふ犬なぞは、もう足の立たない死際にも、庭へ用を足しに下りて行つたほどの潔癖さを持つてゐながら、稀れには寝小便をすることがあつた。たとへ子犬だつて、犬は寝小便をするものではない。ところが黒牡丹には、さういふだらしのない狆の血がまじつてゐたらしいのである。

ドイツ人の家から来た犬の悪癖の一つは、なんでもかんでも嚙み砕き、また土を掘つて表に出ることであつた。もつともこれはテリヤ種ばかりでなく、多くの犬の持つてゐる習性だが、たいていは子供の時に止してしまふのが常なのに、この犬ばかりは生ひ立つに従つていよいよ盛んで、今に家が浮いてしまふだらうと私共が笑つたほど、床の下や壁の裾に大穴を穿ち、竹垣を食ひ破り、まことに神出鬼没、それはいいとしても、私のほかの犬達が、その穴から表にさまよひ出て、結局家人は一日中犬を捜し歩いてゐなければならないことになる。東京では犬を門から一足出せば、まづ盗まれると思はねばならぬし、第一そこらを浮浪しがちでは、それはもはや野良犬で、飼犬とは言ひがたく、犬の生き生きしさも美しさも、すべて失はれてしまふ。道に出歩いてゐる雑種犬などは、もう乞食や浮浪人と同じであつて、正しい意味では、飼犬とは言へないのである。

決して放し飼ひしないことは、愛犬家心得の一つである。

放し飼ひしても、人の盗まぬやうな犬ならば、盗まれても惜しくないやうな犬ならば、犬に似た動物に飯をくれてゐるといふだけの話である。女房や子供を夜昼表におつぽり出しておいて、どこをほつき歩いてゐようと気にかけぬ人間は、先づあるまいが、それが犬だつて同じわけである。

さういふわけで、私のドイツ犬もほしい人があるのをさいはひ、手放してしまつた。先方で子供も産み、可愛がられてゐたやうであつたが、半年以上たつてから引き取つてもらへまいかと言つて来た。犬だつて一旦くれたものは、嫁入先から戻された娘のやうに、やはり疵《きず》ものである。なぜなら、向うの家風が犬にしみついてしまつてゐて、もうこちらの家風にぴつたりしないからである。犬を飼ふにも、処女性は尊ぶべきものである。三度主人を変へた犬は、飼ふに価しないといふほどである。

犬を訓練所に入学させ、また、犬猫病院へ入院させるにも、預け先の犬の扱ひをよく知つておくのは、愛犬家心得の一つである。

でないと、里子に出した子供がどうも他人の子供みたいになつて帰つて来るやうなことが起る。ましてドイツ犬は、かねてから私の家のもてあましものであつた。困つたことになつたと思つてゐると、夜なかに家のまはりで悲しげに鳴くのが、聞き覚えのその犬の声らしい。裏木戸をあけてみると、果してさうであつた。見る影もなくやつれ、またひどくいぢけてゐる。夜陰にまぎれて、わざわざ私の家の近くへ棄てに来るとは、心ない戻し方だと、私達は腹を立てた。悪癖をかくしてまた人にくれることも出来ず、棄てるわけにもゆかず、どうしたものかと四五日迷つてゐるうちに、どこかへ姿を消してしまつた。犬殺しにだけは決してつかまらない利口さのある犬だから、誰かに拾はれたのだらうかと、私達は気がかりであつた。

ところがその後、神田区の警察から照会があつて、はじめて思ひがけないことが明らかになつた。神田区の飼主が棄てに来たわけではなかつた。犬が自ら私の家へ戻つて来たのであつた。また、誰かに拾はれたのでもなかつた。犬が自ら神田の家へ帰つて行つたのであつた。上野公園裏の私の家から神田の駿河台下近くまでは、一里近い、市中の道である。半年以上も前に、自動車で一度走つただけのその道を、この犬は覚えてゐて、往復したのであつた。犬の帰家性は、鳩の帰巣性《きさうせい》のやうに、動物の神秘である。ナポレオンのロシア遠征の時に、主人にはぐれたモフキノといふ犬は、ヨオロッパの半ば以上を歩き、一年を費して、イタリイの主家へ辿りついた。東京から神戸へ越した人の犬は、肉屋へ使ひに出されると、東京の買ひつけの肉屋まで幾山河を越えて来て、その牛肉を神戸へ持つて帰つた。上野と駿河台下くらゐの往復はなんでもないのだが、この場合は、犬のわびしげな感情がまじつてゐるだけに、哀れであつた。つまり、神田の主人の愛が薄らいだのを感じると、半年ぶりに元の主人が恋しく、私の家へ帰りたくなつたのである。しかし、せつかく戻つてみても予期に反して、喜び迎へられないのを知り、やつぱり神田の方がましかと、また私の家を出て行つたのである。それから後も、私の家の近所の人の話では、一二度神田から遊びに来たのを見かけたといふ。今度はもう、帰つて来たと悲しげな鳴声で私達に告げようともせず、私の家の庭へ入りもせず、ただ家の外をさまよつただけで、あきらめて神田へ行つたのである。人知れずわが家の姿を見に来る家出人、なつかしく辿りついたわが家の門口をあけることはばかつて、さびしく立ち去つて行く家出人、それに似た思ひを犬にさせたといふのも、もとはといへば、私がふとした出来心から子犬を買つて来た罪なのである。

一時の気まぐれやたはむれ心から、犬を買つたり、貰つたりしないのは、愛犬家心得の一つである。

道を歩いて、犬さへ見れば頭を撫でて通り、後をつけて来る野良犬に悉《ことごと》く食を与へて住みつかせ、棄てられた子犬は拾つて帰らずにはゐられず、犬の美醜善悪などにかかはりなく、ただもう可愛がる人もある。これは愛犬家の聖者かもしれないが、常人には望めないし、また、女とさへみれば手に入れないと気がすまない男が、一生に一人か二人より抜きの女しか愛せない男よりも、より多く女のまことを知つてゐるとは言へないやうに、犬でも数をこなすのが必ずしも多情仏心に入るとは限らないのである。

数を少く、質をよく、そして一人一犬を原則とするのが、愛犬家心得の一つである。

今家にゐる、ワイヤア・ヘエア・フオックス・テリヤの牡犬は、生れるときから女房が可愛がつてゐるので、彼女の後ばかり追つて歩き、十分に愛されてゐるといふ自信があるのか、ほかの犬に負けずに愛撫されようと競ふ場合にも、おつとりと明るく、嫉妬といふほどの感じはなかつた。ところが、近頃はじめてそれを見せた。新しく買つた、同種の牡牝の子犬に対してである。前にも家に子犬の産れたことはある。そこへよそから一腹の母子共に預つて、一時に九頭の子犬がゐたこともある。さうなれば勿論、家人は子犬をいぢりがちなのに、この犬は一向嫉妬の素振りはなかつた。してみると、自家で生れた子犬には嫉妬せず、他家で生れて来た子犬には嫉妬するのかと、私は考へたが、さうばかりではなく、今度の子犬は血統も今の日本ではすぐれたもの、一腹六頭のうちよささうなのを二頭より出したもの、従つて相当に高価、生れてまだ二十日ばかりのを買ふと、犬屋が母犬を乳離れまで貸してくれ、店に残つた四頭は乳母犬につけたほどであるから、私達も大事にし、それがこの牡にも分るので、はじめて嫉妬を感じたらしい。つまりこれまで、いくら別の犬が来ようと、子供が生れようと、やはり自分の方がよけい愛されてゐると自惚れてゐたが、今度ばかりは少し怪しいと見てとつたのである。その証拠には、子犬に対しては嫉妬しながら、子犬といつしよに来た母犬に対しては少しも嫉妬しない。ところがまた、子犬が百日ばかりに生い立つて、母犬を犬屋へ返すと、この牡の子犬に対する嫉妬は、掻き消すように薄らいでしまつた。これも不思議である。またこの牡は、家に子犬が二頭ゐようと、九頭ゐようと、そのうちの一頭だけを特別に好いて、いつもその一頭ばかりをあやして遊ばせようとし、ほかの子犬はあまり相手にしたがらない。しかも、この牡犬に好かれるのは、人間にもまた好かれる子犬なのである。

私の家の犬の二つの例でも、少しは分る通り、すべて動物の心といふものは、人間が頭から馬鹿にしてかかつてゐるよりも、遥かに微妙で鋭敏なものである。

犬も家族の一員のつもりで、犬の心の微妙な鋭敏さに親しむことは愛犬家心得の一つである。

やれ主人に殉死したとか、やれ人命を救助したとか、やれ戦場で偉勲を立てたとか、さういふ犬の美談ばかりを知つて、日常茶飯《にちじやうさはん》の親しみを忘れるのは、家庭を新派悲劇の舞台か戦場と心得て暮すのと同じである。曲芸団の子供が童心を失つてゐるやうに、あまり犬芝居めくしつけ方も、私は好ましいと思はぬ。また鵜の眼鷹の眼で、犬の心理を観察するにもあたらぬ。ただ、雲や水を眺め、草花を賞《め》でるのと同じやうに、犬を通じて自然の心に入るのが、なによりであらう。

犬に人間の模型を強ひて求めず、大自然の命の現れとして愛することは、愛犬家心得の一つである。

さうする方が反つて、犬の純潔さに触れることが出来るのである。そして、この犬の純潔さといふものは、なんといつても、純血種の犬に美しく伝はつてゐるやうである。

純血種を飼ふことは、愛犬家心得の一つである。

純血種は死にやすくて、飼ひにくいといふ。ヂステンパアにも弱いといふ。だから、初心の人は先づ雑種を飼へといふ。それも一理はあるが、麻疹《はしか》や疫痢がこはいから子供は産まない、賢い子供は体が弱いから阿呆な子供が生れればいい、そんな風に思ふ親があるだらうか。また高い犬を殺してはと恐れる人もあるが、そんなことをいへば、家財道具だつて、いつ火事で灰になるやらしれず、貯金も株も確かではなく、第一さういふ御当人の命が明日知れない。貰つた犬ならば粗末にする、高く買つた犬ならば注意する、それで結局同じである。私の経験によれば、犬はさう死ぬものではない。ヂステンパアにかかつた子犬など、私の家にはまだ一頭もない。戦々兢々として犬の健康に神経を悩まされてゐるわけではなく、スパルタ式といふことを私は口癖にして、ただ大綱をつかんでゐるだけだが、その方が反つて丈夫なのは、人間の子を育てる場合と変りがない。

病気の治療法を学ぶよりも、犬の病気を予知することを覚えるのが、愛犬家心得の一つである。

子犬の間は特に消化器の寄生虫、成犬は特に心臓糸状虫、それに気をつけてゐれば、たいてい大丈夫のやうである。軽症のうちなら、犬の病気は極めて治りやすい。それでも子犬は不安とならば、純血種の牝の成犬を飼ふといい。普通は牡が喜ばれる。雑種がお産をしては、子犬の始末に困るからである。けれども、純血種の子犬だと、相当な値段で犬屋へ売れる。私のワイヤアの子犬も牡の方を、二三ヶ月前の買値の倍近い値段で、大阪の犬屋が買つて行つた。従つて残りの牝の方は、ただのやうになつてしまつたわけである。さういふ計算をすると、これから何年間、この牝が産む子犬達の売上高は、結局儲けといふことになる。

大阪の犬屋は、私の家の子犬を買ひに、わざわざ上京して来たのである。牡牝とはいふものの、きやうだいであるから、夫婦には出来ないから、いづれは牡を手放すと、買ふ時に言つたのを覚えてゐて、私へ売つた犬屋が大阪でその話をし、連れ立つて買ひに来たのである。関西でもワイヤア・ヘエア・フオツクス・テリヤが流行しはじめてゐる。流行となると、関西は気ちがひじみてゐる。セパアドもワイヤアも、いいものはどしどし関西へ高い値で買はれて行く。私のワイヤアの子犬と同腹の六頭も私が売つたのを合せて、五頭まで関西へ行つてしまつた。母犬はあまりよくないが、バロヴイアン・プリンスといふ父犬は、ワイヤアの輸入犬として今日最もすぐれ、関西の展覧会などを犬屋が連れて歩いて人気を煽《あふ》つて来たものだから、是が非でもその系統をといふ客に、大阪の犬屋が金を預つて上京して来たのである。

ところが私の方は育ててみると、もう手離す気はなくなつてゐる。可愛ざかりの子犬を売るくらゐなら、原稿を書く。まして二頭の子犬の仲のいいことは、家へ来る人のあきれるばかりで、炭なども両端を銜へて走り、お互ひの体に頭を載せ合つて眠り、なにをするにもいつしよだから、今離すのは可哀想のやうに思へる。女房は女のこととて尚更感情的に、よそへやる気にはなれぬとことわると、大阪の犬屋は青くなつて、買ふまで東京を動かぬと言ふし、東京の犬屋は仲間を騙して遥々誘ひ出して来たやうで困り果てるし、女房は犬屋が気の毒やら、犬が惜しいやらで、たうとう全身にぐつしより汗をかいたほどであつた。私は勿論値段など犬屋まかせだつたが、もし欲を出せばずゐぶん取れさうであつた。

こんな風に売れたのはまぐれあたりにしろ、結局なんでも、いいものを買つておけば、損はないのである。しかし、例へばセパアドの牡一頭を種に数万円の利益をあげた素人があるからといつて、かけ牡で儲けようとするのは、莫大な金を費しての輸入競争となり、宣伝競争となり、いはゆる紳士犬屋となつて、愛犬趣味を超える恐れがあり、競馬狂のやうに家をつぶすほどの失敗を招くことも多いから、牝犬に子供を産ませて楽しみながら、小遣ひの足しにでもする方が、内職としてまちがひが少からう。

先づ牝犬を飼つて、その子供を育ててみるのが、愛犬家心得の一つである。犬の妙味といふものは、自分が臍《へそ》の緒を切つてやつた子犬を育て上げないと、十分には知れないのである。腹をいためた実子と貰ひ子とのちがひは、たしかに犬にもある。犬を飼ふといふよりも、犬を育てるといふ心持をどこまでも失はないのは、愛犬家心得の一つである。

小鳥にしろ、犬にしろ、子飼ひにしくはないのである。正月といふもののきらひな私は、枕もとに小鳥籠を並べ、寝床に小型の犬を入れ、蒲団の上に木の葉みみづくを仰向けに眠らせ、せめて敷布と枕覆ひを新しくし、この三ヶ日をぼんやり寝て暮すつもりでゐる。

（昭和八年）

あか

幸田　文

ア子ちゃんはジフテリヤをわずらって寝ている。ふだんは食いしんぼうのおしゃべりだのに、いまはなにもたべたがらないし、お母さんがなにかきいても、くびをふって返事をするだけ。あらい息《いき》をしながら、ただじっと寝ている。ときどき、

「あんずの花、さいた？　すももの花、まだ？」ときくが、まだだときいて、また目をつぶってしまう。

ア子ちゃんは、はっと覚めた。ぴーっ、と呼子が鳴っている。庭がざわざわしているようだ。なんだろう。病室にはだれもいない。

「まて、まて！」

はたけの方で、お父さんのおこったような、おおきな声がした。だれか呼んできたくても、のどが痛くて声が出せない。起きてみようと、くびをあげると、障子の桟《さん》がぐらりとゆれて目がまわった。とても気もちが悪い。

麻裏草履が、ぱたぱたと馳《か》けて来て、

「ア子ちゃん、起きてる？」と、一郎さんが呼んだ。ジフテリヤは伝染病だ。室へ入るこ

とはとめられているから、一郎さんは庭から障子ごしに話すのである。

「ね、犬ころし来たの。うちのギンじゃないの。ほら、あの赤いやつね、あれつかまえようとしたの。今お父さん談判している。又きいて来て教えてあげるよ！　これ内証《ないしょ》だよ。」

内証ばなしだとことわりながら、一郎さんは大声でどなつて、又ぱたぱたと行つてしまつた。

ア子ちゃんには、よくわかつた。病気になつて寝る五六日まえから、赤い大きな犬が、お父さんの書斎の縁の下や、はたけの隅にときどき寝ていた。毛がむくむくしているくせに、手足は割合に細く、口のまわりがくわんくわんのように黒い。目は三角にくぼんで、耳は三角におつたつている。ぎりつと巻いた尻《し》つぽに、おしりがまる出し、あんまりお行儀のいい恰好じゃない。人を見るとすぐ逃げじたくをするのは、のら公の証拠である。

うちにはギンがいる。血統書のついている性能優秀なポインターめすである。これは澤《さわ》田撫松《だぶしょう》さんという人が、もつて来てくれたのである。この人は犬のおじさんといわれていて、犬のことならなんでも知つている犬博士で、犬といつしよにくらしているのだそうである。本職は新聞記者だ。ア子ちゃんのお父さんに、文章をかいてくださいと頼みに来るのだが、なかなか書いてあげないで、大抵いつも犬の話をさせてきいている。そして一郎さんのともだちにするために、とびきり上等なのを一匹ほしいと頼んだのだ。今度はおじさんが、おいそれと承知してくれない。いまは子犬の生まれているときじゃない、という。一郎さんはたびたび催促をした。とうとう或るとき、ふところからちよいとつまみ出して、はい、お待ち遠さまと、たたみの上へ置いてくれた。くしやくしやと皺だらけな顔で、耳ばかりがうちわのように大きく、貧弱な子だつたが、おじさんの効能書どうりりつぱに育つて、りこうでやさしかつた。一郎さんは大得意で、ぼくのギン公といつて、鼻たかだかと連れてあるく。ア子ちやんはうらやましかつた。おとうさんにおじぎをして頼んだが、女桃太郎なんていうのはいないからなといつて、きいてくれなかつた。そこで、二度とはねだらなかつたかわりに、弟の犬は姉の犬だと理窟をこじつけて、さつさとギン公をひつぱり出してあそぶ。一郎さんはおこる。きようだいはけんかをするのである。

お父さんは病室へはいつて来て、

「どうだい、すこしはいいかい」と、にこにことおでこへさわつてみる。ア子ちやんは、さつきの犬ころしのことがききたくて、もぐもぐすると、お父さんは、

「しやべるな、しやべるな」と、ア子ちやんのしたくもないうがいをさせ、たべたくもない氷砂糖を一《ひと》かけら口のなかへおしこんでおいて、

「天はおまえに赤い犬をくださった」といった。いつのまにか一郎さんが来て、きいていたと見えて、

「天じゃないよ。お父さんが犬ころしから買ってやったんだよ」と訂正した。お父さんは、ははははと笑って、

「それが天からの贈りものというものだ」といった。天から十文字にひもでゆわかれて、つりおろされて来たようで、おかしな話だ。

「うちのギンのように、子犬のときからかわいがられて育った犬は、飼うのにごくやさしいが、ああしてころされそうになったり、腹がへったりして、つらい目を見ながら大きくなってきた、のら犬をならすのはむずかしい。こういうやつは、人の愛情を信じない根性をもっている。ア子は犬が好きなんだろう？　そして犬のことをよく知っているね。やさしいギンのかわりに、むずかしいアカを飼ってごらん。お父さんは、あれはなかなかきつい、りっぱな犬だと思っている。早くよくなって、かわいがっておやり。」

だれだって、自分の持ちものがひとのにくらべてよくなかったときには、はずかしい気がするものである。ギンにくらべるとアカはまがぬけていた。ア子ちゃんは、すこしつまらない。だけれども、一つだけ気にいったところがある。ギンよりずっと大きくて、つよ

そうなのである。幸田ア子飼犬アカとほつた、ぴかぴかのくびわのことなど思つて、早くよくなりたかつた。

ア子ちやんの病気が、ながくかかつてようようよくなつた時には、すももの花は白くこぼれてしまつたし、あんずの萼《がく》だけのこつていた。アカは裏のひのきの下で、まるくなつて寝ていたが、ちかづくと不きげんな顔をふりかえりふりかえりしてかきねをくぐつて、となりのやしきへ逃げてしまつた。

お父さんの書斎はおもやとはなれて、はたけの奥にぽつんとたつている。そのはめへ簡単にさしかけをつくつて、アカの小屋ができていた。ア子ちやんは、みんなと離れてひとりさびしく寝るアカを、あわれに思つたが、お父さんはいつた。

「犬は暗いところは平気さ。アカは書物をまもるんだ。そして書物の徳をうけるのさ。」

「犬が本よむの？」

「本は読まないさ。けれどもサンスクリットをしやべるおうむもいるし、しばいをする猿もいることだ。おまえがよく世話をしてやると、いまにアカも本ぐらい読むようになるかもしれない」とわらつた。

米だわらをほぐして、寝わらは沢山しいてやつた。が、はいつて寝たようすはなかつた。ごはんも毎日はこんでやつたが、そつくりそのままにのこつていた。二日くらい姿の見えないこともあつた。そのうち、きいろい水仙も白い小でまりも、むらさきのもくれんも咲いて散り、今はもう梅の実が大きく目につくようになつて、毎日雨がびしよびしよふつた。アカはこのごろでは、ひとをばかにしているようである。ちかよると、のろのろ縁の下から立つて、ふしようぶしように雨のなかへ出て行く。たべないごはんは白くふやけ、寝ないわらからは湿気《しつけ》くさいにおいが立つた。ア子ちやんはいや気もさしているが、あたらしい希望がなかつたわけでもない。

毎朝の登校や、おつかいの時などには、かならず送つて来るのである。とおく離れて、見えかくれのようについて来る。途中で犬にあうと、相手はきまつて自分からかきねやへいへぴたりとくつついて、道をよける。ふんふんとにおいを嗅がれでもすると、しつぽを腹の下にしまいこんで、くたくたとすわつたり、ひどいのになると背中を土につけて降参してしまうが、アカはけつしてこういうともだちをいじめないで行きすぎる。この英雄ぶりを見ると、ア子ちやんはうれしい。ほめてやりたくてひきかえして行くと、英雄はたちまちすたこら逃げだすのである。アカのがんこめ！　しようがないから、澤田の犬おじさ

んに相談した。おじさんは、ははあと感心して、

「あれは浪人ですな。朱鞘《しゅざや》のおとしざし、天下の浪人ですからな。珍味佳肴《かこう》、錦繍《きんしゅう》のしとね、なんぞは眼中にないのですな」と、お父さんと二人で、からからと笑っている。何のことかわからない。こどもにわからないことを話して笑うおとなはじれったいものだ。

「いつから、ごはんをやりはじめました？」

「すももの花の散るころから。」

「すももの花？　はーて、だいぶ長いな」と考えて、「ちっともたべませんか。」

「ええ。このごろじゃ、みんな雀とはたけの鼠がたべちゃうの。」

「へーえ、いや、見どころのあるやつだ。ア子ちゃん、あんた、あきちゃいけません。よござんすか。おじさんが教えてあげますから、しっかり覚えてくださいよ。まだはもうなりです。アカはまだなれませんが、もうじきになれます。もうすぐにともだちになるにきまっています、おじさんかけをしてもよござんすよ。まだはもうなり、まだはもうなり。」

ばかみたようなことであるが、相手は犬のおじさんだ。ア子ちゃんは現在のまだを素通りして、いつの日かわからないもうを信用し、もう一度、ぴかぴかのくびわのことを考えてみた。

夏が来た。ア子ちゃんのお父さんは、すずき釣の名人だ。澤田さんが、いつしよに連れてつてくださいと頼んでいる。ア子ちゃんが船頭の久《きゆう》さんの家へおつかいにやらされることになつて、一郎さんもついて来る。はるかにおくれてアカがつづく。

久さんの家は大川の川つぷちにある。隅田川がゆるく折れるところを利用して、土手ぎわまで入江のようにU字形に水をだき入れたふところは、荷船、釣船、渡し船のかかり場所になつている。その一方のとつぱずれに、西は大きな川面《かわも》を見、北は出船入り船のにぎわいをながめてくらすのが、久さんの家である。そのへん一帯に陸あげされた鉄屑、木材、砂利《じやり》の山々は、夕日にくわつと浮きだし、まんまんとふくらんだ夕潮は、金色にまぶしかつた。

久さんの家の土間から見ると、アカは砂利の山にのぼつて、なにかいらいらと嗅ぎまわつている。そぎ立つた二つの耳根はぐつと寄つて緊張してい、背中のさし毛は水の反射をうけて燃えだしそうに赤い。ア子ちゃんが、そばまで来てもかまいつけない顔で、鼻をあげて空気をかぎ、ひたと土手の上を見つめて動かなくなつた。ア子ちゃんも好奇心でいつぱいだ。土手は大きくカーブしていて、見とうしはきかない。犬も人も、あらわれるものを待つた。

ブルだつた。村井さんのブルだつた。まだこちらを気づかない。肩から胸にかけた広い革帯には、いぼいぼの金具をぎつしり打つて、せなかの環からはむらさきの太い打ちひもが、書生さんの手ににぎられている。はりだした下あご、たるんだくびの皮、厚い胸、堂々といま午後の運動のかえりみち。もう一人の書生さんはステッキをふつてならんでいる。このころは闘犬競技がはやつて、株屋の村井さんは何頭もの猛犬を飼つている。なかでもこのブルちやんは、かならず相手を倒すと評判の、有名な常勝将軍である。名はゴン。

ゴンも書生さんも、じきにアカを見つけた。書生さんはゴンを制し、綱はぴんと張られたが、ゴンの力はつよい、ずるずる引きずつて、だらだら坂を砂利場へおりて来る。けんかだ! ア子ちやんは、こわさにおなかの皮がちぢんで、立ちすくんだ。ステッキの書生がどなつた。

「くびわのないのらだ、嚙ませろ嚙ませろ」と、環に手をかけた。一郎さんは、「うわー、たいへんだ、お父さん呼んで来よ!」と、道でもないところから、めつたやたらに土手へよじのぼつて駈けだした。

渡し船が着いて人があがつて来たが、ゴンに道をふさがれて皆立ちどまつた。土手にも足をとめる人ができはじめた。荷あげ人夫や船頭たちが出て来て、見知りごしのブルに、「ゴン、しつかりやれ！」とけしかけた。犬は見物があると、みえを張るものだ。大の男を引きずるほど気負つていたゴンは、綱をはずされると、気味わるくおちついて一歩々々砂利山をのぼつた。アカは陽《ひ》と水を負つて頭を低くかまえ、ひたいで睨んでしずまりかえつている。むかいあつた二頭をくらべると、アカはいかにもみじめに劣つていた。やせている、重さが足りない。赤毛さえが、みすぼつたらしかつた。

ゴンは戦い巧者だ。まともに浴びる陽をよけてじりつじりつとのして来る。アカはくやしくも、おされてまわつた。二頭とも公平に側面から陽をうけ、水へおちる危険も同じように公平にわかちあう位置にきまつたときに、第一の衝突が爆発した。すぐ離れて、もとの姿勢。第二、第三の突撃。四つに組んで両方が後足で立つたとき、アカはゴンのくびの下を噛んでふりぬいた。しかし、ブルドッグのくびの皮はだぶだぶに余つてたれさがつている。アカの努力はむなしかつた。のみならず、一《ひと》かさ大きいゴンは、くびの下にアカをぶらさげたまま、上からおしかかつて来た。踏みこたえたアカの足場はわるかつた。砂利は、ざつ、ざざつと崩れて、たたらを踏んでさがるところを、ゴンは得たりや応とまつこうから攻めこむ。赤い胸毛が吹きとんで、きらり、ふわり、舞いゆらいだ。

砂利をかこう厚い板がこいをさかいにして、そとは墜落と水である。アカの後足は絶体絶命の板一枚をふんばつている。ゴンの四角い顔を前にして、ひくく腰をしずめ、総身の毛を針とさかだて、まつくろな口をくわつとあけて吹きつけるや、ななめに高く飛んで危地はのがれたが、あわれ足をつけたそこもまた運わるく、砂利はふたたび、ざつと流れ、ゴンの突撃をさけるひまはなかつた。太い前足にかいこまれたアカは、耳のあたりをさんざんにやられている。

ア子ちやんは何がなんだかわからなく、むちやくちやにがまんできなくなつて、

「アカー、アカー！」と、ばか声をはりあげた。みんなが見た。見られて火の玉のようになつたア子ちやんは、砂利をつかんだとたん、にゆうとおさえられ、ふりむくと久さんの赤ら顔が、

「大丈夫《でえじよぶ》だ」といつた。

アカははねかえして立つたが、左耳はいかのようにぱくぱくになつている。身の軽いアカは縦横にとんで突貫したが、また組みしかれ、肩にがぶつと受けたが、さしもの無敵のゴンの歯もアカの深い毛には力がとどかず、逆にかえつて後足の爪を鼻づらにあびた。怒りにゴンのくちびるはまくれあがつて、犬歯とさえいうきばをむき出しにして、ひくくう

なつた。アカは方々をやられ、そのたびにひつぱずして奮闘したが、ア子ちやんの目にも勝はおぼつかなかつた。書生が、「ゴン、ゴン！」と応援した。ア子ちやんはもつと大きい泣き声をふりしぼつてさけんだ。

あきらかにアカはア子ちやんの声をきいて、元気をもりかえし、ねらつた後足のもも、をとつた。そして放さなかつた。ひつくりかえされたゴンは、起きあがろうともがいた。砂利は三たび、ざざと崩れだし、そのくぼみはよけいゴンに味方しなかつた。体重・顎力に比して後足の弱いとされているゴンは、ついに悲鳴をあげ、悲鳴と同時にアカは口を放したが、なお腹の上にまたがつて、威嚇はやめなかつた。勝負は決したのだ。

と、ア子ちやんはつつぱなされてよろけた。書生のふりあげたステッキの風より前に、久さんの丸太ん棒があつた。

「いけねえ、犬のけんかだ。」

ゴンはびつこを引いてかくれた。書生はてれくさく、あとで見ろと笑つた。アカは勝利のしるしをして、ぱつぱつと砂利をかきとばし、それは光る夕日の水へばらばらと散つた。

「アカ来い！」一声、ア子ちやんは鉄砲玉と駈けだし、うおーつ、蒸汽のようなしやがれ声でほえて、したがつた。

下駄をはねとばして、ア子ちゃんはお父さんのところまで駈けあがつた。

「アカ勝つた！」すわると一時に、からだ中から汗がしぼれ出て、生まれてはじめて暑いということがわかつた。澤田さんは、

「耳の負傷なんぞ、三日もすればすぐ直ります」とうけあつた。お父さんは、

「ほうびをやんなさい」という。

「何をやるの？」

「そうさな、かつぶしをやつとけ。」

ア子ちゃんはおどろいた。

「かつぶし？　猫じやないのに！」

「猫でなくつてもよろしい、かつぶしだ。」

澤田さんはひざをたたいて、よござんすなあと笑つている。

お勝手をぬけてはたけへ行くと、例のひのきの下にアカは、足をなめていた。かつおぶしをやると、くわえてうけとつて下において、ア子ちゃんを見あげている。

「アカ！」くびをなでると赤い毛はかたく、さらさら、ふかふかしていた。耳はべつとりと血がかたまつている。手をおさえても、のどにさわつても、犬はおだやかな目をして、

じつとしていた。

そのときからアカはア子ちやんになれ、だんだんと家の人たちにもなれ、近所の小さいこどもたちからさえも、アカワンワンとかわいがられる犬になつた。お父さんは、「ア子のワンワン、アカワンワン、アカワンワンはア子ワンワン」とうたつた。六年いた。その最後の日まで、ア子ちやんの外出には忠実につきしたがつた。お墓はざくろの老木の下にある。ア子ちやんはもうおばあさんになつてしまつたが、毎年まつかなざくろの花を見ると、赤い夕日のなかでいさましく戦つた、赤いみすぼらしい犬をおもいだしている。

（昭和二十三年）

クマ　雪の遠足

志賀直哉

クマ

前に岡本の谷崎《たにざき》君から貰つたグレーハウンド――これは「蓼《たで》食ふ蟲」に出て来る犬で、亡くなつた小出楢重《こいでならしげ》君の挿絵にもある、却々立派な犬だつた――これが年寄つて、フィラリアにかかり、もう長くはないだらうと思つてゐると、或る朝、自分の寝てゐる部屋の前で私の家内や子供達が騒いでゐる声に眼を覚まし、私は其所《そこ》にナカ（犬の名）が死んでゐる事を知つた。丁度胆石と云ふ病気で苦しみ、心身共に疲れてゐた時であつたし、ナカの死骸を見るのも厭で、寝床から声をかけ、早速、いつも働きに来る白毫寺《びやくがうじ》村の男を呼び、白毫寺の方に葬らすやうに云ひつけ、私は起きては行かなかつた。ナカが私の枕元から一間と離れぬ所に来て倒れてゐた事は、偶然とは思はれず、憐れに思つた。

大体、私は子供から動物を飼ふ事が好きで何かしら飼つて来たが、年をとるに従ひ、よく老人の云ふ事ではあるが、病気をされたり、死なれたりする事が心に痛むので、それに田舎住ひで植物に親しむ事が多くなり、段々その方に心が傾き、これは自然な傾向であるといふ風にも考へてゐた。所が子供等のうちに私の遺伝といふわけでもあるまいが、動物好きがゐて、それに曳かされ、此三四年、又つい色々な生きものを飼ふやうになつた。

ナカの死んだ時は、来年、東京に引越さうといふ時で、東京の住ひが犬を飼ふに適当かどうか、それが分るまでは飼はぬといふ事にして、暫くは犬なしでゐた。所が或る日、子供等を連れ、いつものコースで、春日《かすが》の杜から春日神社、三笠山の下から手向山《たむけやま》、法華堂《ほつけだう》、二月堂《ぐわつだう》、大鐘《おほがね》から大仏殿《だいぶつでん》の横に降《お》り、裏を廻はつて東大寺塔頭《たつちゆう》の一つである指図堂《さしづだう》に橋本君を訪ねた事がある。玄関から直ぐ横が上方でいふ庭で、勝手になつてゐる。其所から橋本夫人が出て来ると、それについて犬の仔が三疋とその母犬《おや》とが出て来た。仔犬はたれかれかまはず、足にからまり、小さな尻尾を尻と一緒に無闇に振つて喜んだ。橋本君は留守だつたので帰らうとすると、下から二番目の娘が一疋の小犬の首を両手の間に挟んだまま、しやがんで中々立たうとしない。

「欲しいわ。此犬欲しいわ」と私の顔を見上げ、殊更《ことさら》、さういふ表情をして、私にそれを承知させようとした。又、その仔犬もどういふ気持か、尻尾を垂れ、いやに音なしくしてゐるのが、そんな筈はないのだが、貰つて貰へるかどうかを心配してゐるやうにも見えるのだ。ムク犬で、如何《いか》にもゲテモノの犬だつたが、橋本君が留守で分らなかつたが、結局私の負けで、若し他に約束でもあれば直ぐ返すといふ事にして、兎《と》に角《かく》、その仔犬を貰ひ、子供等は争つて、交る交るそれを抱いて連れ帰つた。

「東京まで連れて行く犬ではないから、引上げる時は誰かに貰つて貰ふんだ」こんな事を私は何度も子供達に確かめて置いた。シェファード、エアデル、或ひは日本犬など純粋な犬が流行してゐる時、此雑種の駄犬をいつまでも飼つて置く気はしなかつた。それに私は前の経験で、さういふ犬の野良犬根性には手古摺《てこず》り切《き》つた事があり、「雪の遠足」といふ小品にもその事を書いたが、駄犬には懲りてゐた。今は可愛いが、いづれはあんな犬になりさうだと思はれたので、あらかじめ子供等にもさういつて置いた。二三日して橋本君からの伝言で「何所《どこ》にも約束はないので、貰つて頂ければ結構ですが、若し、厭だと思はれるやうならお返し下されて少しも差支へありません」と云つて来た。子供等の一時の好奇心で貰つて行つて、今頃は後悔して居はしないだらうかといふ行届いた心遣ひでもあり、又犬の方もさういふ心配をされさうな犬であつた。名を何とつけようと子供等と相談した。テルとかヨネとかトクとかいふ名はこれまで二代目まであつた名で、馴染は深かつたが、それぞれ相当な犬だつたから、此仔犬には不似合に感ぜられた。結局、出ず入らず熊のやうだといふのでクマと名附けた。

此所《ここ》で、男の子が学校に出した「熊」といふ作文の冒頭を写してみる。

「熊にはひ熊、月輪熊《つきのわぐま》、白熊、マレイ熊等あるが家にゐる熊は熊でない熊だ。熊とは犬の名前である。熊と名前をもらふだけあつて長い毛がもじや〳〵してゐる。唐獅子《からしし》にも似てゐるし、熊にも似て居るが、やはり犬である以上は犬にも似てゐる。……」

確かに犬にも似てゐる犬である。

私はよく近所にゐるK君にいやがらせを云つた。

「東京へ行く時にはクマは君に貰つて貰ふ事にしてゐるから」

それを聞くとK君はいつも苦笑してゐた。

「こいつを綱で引張つて、新橋から京橋まで歩けと云はれたら、どうだね」などとも云つた。

クマがまだ小さな頃、奈良公園を連れて歩いてゐると、奈良に遊びに来たらしい中年の女が眼に角《かど》を立て、「けつたいな犬やなア」と見下ろして行つた事がある。長い、白と濃い茶の毛が、分れ〳〵でなく、ゴッチャに密生してゐるのが、如何にもよごれてゐるやうで、きたなく見えた。それ故、私はクマの容貌に就いては他《ひと》にも極端に卑下してゐたが、飼つてゐるうちに性質のよい事が段々はつきりして来ると、自分でも意外な程に此犬が可愛くなつた。賢く、それに下品な所のない犬だつた。見かけによらぬものとは此事だと思つた。

或時、子供達を連れ、花園《はなぞの》にラグビー試合を見にいつたかへり、朝鮮人から家鴨《あひる》の百日雛位の奴を二羽買つて帰つた。きたない米袋のやうな袋に入れた家鴨を裏口から庭の方へ下げて来ると、匂ひで知れるか、クマは異常な好奇心で耳の根元を前向きに立て、尻尾を上げ、それを堅くして、振り動かしながらついて来た。

「クマが直ぐとつて了ふわ」

「大丈夫だ。俺がゐれば大丈夫。こらクマ、これにかかると承知しないぞ。分つたか」かう云つて頭を一寸叩かうとすると、クマは身を交はし、今度は私の手の届かぬ側から袋に近づかうとした。大体、イングリッシュ・セッターの雑種の又雑種といつた犬で、未だ猟犬の本能は相当に強く、植込みの中などで、殿様蛙などを見つけると、いつも根気よく追廻はしてゐた。

少し怪しい気もしたが、私が怒ればやめるに違ひないといふ自信から、クマの居る所でかまはず家鴨を袋から出してみた。同時にクマはえらい勢で飛びかかつて行つた。庭中大変な騒ぎだ。子供等の悲鳴、私の怒鳴る声、家鴨の驚いた鳴声、そしてクマだけが黙つてそれを追ひかけた。クマが啣へて脱けた羽根が其辺に飛び散る。然《しか》し愚鈍のやうでも家鴨は案外上手に逃廻はり、遂に身体は噛まれる事なく済んだ。そのうち反つてクマの方が私に捕《とら》へられて了つた。私は男の児に家鴨をつかまへて来させ、クマの鼻に擦りつけるやうにして、散々尻をなぐつてやつた。クマは地面に腹をつけ、悲し気な眼つきをしてゐたが、それでクマには此鳥を追ひかけてはならぬといふ事がよく分つたのだ。

以後、クマは決して家鴨には関はらなかつたが、五六日して、どうした事か家鴨の一羽の方が煉瓦でまはりを積んだ長方形の池の中で、白い腹を上に、長い首を仰向けに水の中に垂れて死んでゐた。クマの仕業でない事は皆、信用してゐたから、クマはおこられずに済んだ。

家鴨は群居してゐる習性から、一羽になると甚《ひど》く淋しがり、庭の中をクマの後《あと》ばかりついて歩き、クマが寝ころぶと、その鼻先に来て自分も腹を地面につけ、羽根の間に頭を埋め、眠るといふ風で、クマの方はそれを喜ぶ様子もなかつたが、家鴨の方はすつかりクマに慣れ、始終一緒にゐるやうになつた。クマが門から出て行くのについて出かける事もあり、私は犬を恐れぬ此鳥は屹度《きつと》、そのうちに犬に殺されるだらうといふ気がしてゐたが、間もなく、友の家で飼つてゐるタロウといふ犬に往来で殺されて了つた。

それから又間もなくの事であつた。男の児が、十銭に三羽といふ鶏の雛を沢山買つて来たが、それを放す時、クマは遠くの方に寝てゐて、近寄らうとはしなかつた。家鴨で怒られた事を覚えてゐるのだ。広い所に初めて放された雛は庭の中を彼方此方《あちらこちら》馳け廻はつた。仕舞ひにクマの寝てゐる近くまで行くやうになつたが、クマは又怒られるやうな事が起りさうだとでも思つたか、身を起して、首を垂れ、横目で私の顔を見ながら、雛のゐる場所に近寄らぬやう弧を描いて遠廻はりをして裏口から外へ出て行つた。

「今度は大丈夫です。決してかかるやうな事はしませんから、怒らないで下さい」

其時のクマの様子がはつきり、から云つてゐる事が私にはよく分つた。

仕舞ひに雛もすつかり信用し、クマが寝てゐる上によく乗つたりしてゐた。かういふ賢い犬ではあつたが、クマは人にだけは幾ら叱つてもよく吠えつき、時には嚙む事もあり、これには弱つた。それで昼間は長い鎖で繋ぎ、夜だけ放す事にしてゐた。

一昨年の秋、家族の五人だけ東京に移し、あとに私と二番目三番目の娘だけが残つた。二人の学校の都合だつた。動物の方は矢張り其頃飼つてゐた小猿が東京組、クマが奈良組といふ事になつた。そして昨年の春、私達が出て来る時、クマも一緒に出て来たが、賢いやうでも田舎者の事で、迷児になつては困ると思ひ、クマは十日間鎖で繋いで置いた。その間に近所の町、或ひは戸山ヶ原あたりを運動に連れて歩き、もう大丈夫だらうと思つたので、十日目に私はクマを鎖から放してやつた。所が、それから二三日してクマは矢張り迷児になつて了つたのだ。いやな気持になつた。実はそれ以前、浅草へ行つた機《を》り、仲見世《なかみせ》で迷児札を彫らせてあつたのだが、柱の折釘に下げたまま、つけてやらなかつた。それさへつけて置けばまだ望みはあつたが、奈良と異《ちが》ひ、東京では探しに出て見たところが、探し当てる見込みはなかつた。それでも私は子供を連れ、戸山ヶ原の射的場の山の上から四方を向いて、子供と一緒に大声にクマを呼んで見たりした。ひどく寒い風の吹く夕方であつた。

近所の交番に私自身出かけて届けても、巡査は迚《とて》も探すわけには行かないと云ひ、二三日して帰らなかつたら、廃犬届をする方がいい、その世話ならするといふ話だつた。

賢い犬にしては似合はしからぬ事に思はれた。電車など一度も見た事のない犬で、省線電車にはねとばされたかも知れず、又、よく自動車を追ひかけたりする開《ひら》けない犬のことで、それに轢かれて死んだかも知れぬなどと私達は話合つた。

夜、犬の鳴声がすると、クマの声に聞こえ、起きて、窓を開け、夜なか、近所もはばからず大声に呼んで見た事も度々であつた。

若しかすると、どうしても自家《うち》が分らず、奈良に帰る気にでもなつたのではなからうかと云ふ想像もした。大阪にやられた紀州犬が何十日か経つて、到頭紀州まで帰り、主人の顔を見るなり、死んだといふ話などを憶ひ出すと、クマの場合は帰つても誰も居ないのだから、尚可哀想に思はれた。

「そんな事もあるまいが、兎に角、手紙を出して置く方がいいね」と私は家内に奈良へ手紙を出さした。

今頃、東海道を西へ向つて、食ふものも食はずに歩いてゐるクマの姿を考へると、不快《いや》な気持になつた。

「もう幾日になるだらう」

「四日の晩の御飯は食べてゐるのですから……」などと、日を数へたりした。

或日、私は男の児を連れ、神田の本屋に子供の使ふ虎の巻を買ひに行く事にしてゐた。出掛けようと仕度をしてゐるところに、友達が訪ねて来た。用もあり、久しぶりでもあつたので、神田行きはやめる気でゆつくり話してゐると、又他の友達が来た。そして二人が帰つたのは四時過ぎであつた。

「どうする。出かけるか？　それとも又あしたにするか？」と云ふと、男の児はにや〳〵

笑ひながら、

「どつちでもいい。――今日行つてもいい」とあいまいな事を云つた。かういふ時には行きたいのだ。その上、帰途《かへり》、活動写真を見るか、何所かでうまい晩飯でも食べたいと云ふ事なのだ。

「本は晩でも買へるでせう。もう直き出来るから御飯を食べてからいらつしやい」

一番上の娘は弟の気持が癪《しやく》に触はると云ふ風に尻上りの切口上で、意地悪く云つた。

「黙つてろ。よけいな事を云ふな」と男の児も見透かされた腹立ちから、姉を睨みつけてゐた。

結局、出かける事にして、男の児とその下の女の児を連れて自家を出た。

高田の馬場から東京駅行の市バスに乗らうとすると、乗客が一杯で立たねばならず、もう一台待つ事にした。そして少時《しばらく》して、次のバスが来た時、男の児はいち早く乗込んで私の為めに席を取つてくれ、窮屈ではあるが、兎に角、三人並んで腰掛ける事が出来た。

此バスが江戸川橋の十字路を通る時、私は何気なく外を見てゐたが、護国寺《ごこくじ》の方へ江戸川橋を渡つて小走りに馳けて行く犬が、遠見にクマに似てゐるやうな気がした。然し立てゐる尻尾の具合が少し違ふやうでもあり、若しかしたら欲眼でクマのやうに見えるのか

と、迷ひつつ、子供に、

「あれクマぢやないか？」と云ふと、うち中で一番動物好きの田鶴子《たづこ》といふ女の児が起上《たちあが》り、亢奮して、

「クマだ〳〵」と大きな声をした。

バスは既に十字路を越え、犬の姿は家に隠れ、見えなかつたが、私は子供に、

「次の停留所で待つてなさい」と云ひ、起つて行くと、女車掌は通せん坊をして、

「どうぞ、次の停留所でお降りを願ひます」と云つた。

「自家のはぐれ犬がゐるんだ。一寸降してくれ」

「規則で厶《ござ》いますから」

私は女車掌を押のけてバスからとび降りたが、運転手は何も云はず、私の為め、危険のないだけに速力をゆるめてゐてくれた。

私が走つて橋の上へ来た時には犬は――未だそれがクマであるかどうかはつきりしない――一丁程先を同じ歩調で走つてゐた。私は見得もなく、

「クマ――、クマ――」と大声に呼んだが、犬は振向かうともしない。私は犬より早く走つて、間の距離を縮めるより方法はないわけだが、情ないかな、一生懸命走るつもりで、

それがさつぱり早くないのだ。走る事は得意な方だと思つてゐたが、それは只さういふ過去の記憶であつて、現在の自分は身体がまるで、云ふ事をきかなかつた。和服を着てゐなかつた事がまだしも幸ひであつたが、外套が重く、私は段々疲れて来た。そして追ひかけてゐるうち、それが確かにクマだといふ事は分つたが、幾ら呼んでも、聞えない。此所で見逃がせば再びクマに出会ふ事はないと思ふと、見得をかまはず、「クマ――、クマ――」と私は怒鳴つた。生憎《あいにく》、円タクは一台も通らず、走つてゐるうちに私は倒れさうな気がして来た。そして、私が弱るに従つてクマとの距離は段々遠くなつて行くのが気が気でなかつた。

彼方《むかう》から他の犬が来て、クマも立止つて、一寸両方が嗅合つてゐるので、私は喧嘩をして呉れればその間に追ひつけると思つたが、二疋は直ぐ別れ、クマは又同じ早さで彼方へ走つて行く。

路の反対側に自動車が一台止まつてゐるのを見て、私は急いでその側《そば》へ路を越して行つたが、運転手の席には四つ位の女の児がゐるだけで、運転手の姿は見えなかつた。

「あの犬ですか」戦闘帽を被つた職工風の若者が、直ぐ傍の自転車に跨がり、追ひかけてくれた。私は何も云はなかつたのだから、若者はその前から、犬を追ひかけてゐる私を見てゐたに違ひない。私は体力を使ひきつたやうな疲労を感じ、額の汗を拭ひながら、それでも若者がうまく捕《つかま》へてくれるだらうか、クマが又噛みついたりしないだらうか、そんな心配をしながら、歩いて行つた。若者は間もなく追ひついたが、恐ろしいのか、直ぐ捕へようとはせず、自転車で只、その後を従《つ》いて行くのが遠く見えた。

空《から》の円タクが来たので呼止めて乗つた。

「茶色の大きな犬でせう？」彼方《むかう》から来た円タクでクマを見てゐたのは好都合だつた。

護国寺の門の前で漸く捕へる事が出来た。自転車の若者に少しばかりの礼をしようとしたが、却々受取らないのを無理に渡し、私はクマと共にその自動車で帰つて来た。江戸川橋の上で待つてゐた子供達を乗せ、神田行きは止めにして、其儘《そのまま》自家へ帰つて来た。

「クマは喜んだでせう」此話をすると、よくひとにさう云はれるが、事実は其時、クマは私が予期した程に喜んだ様子をしなかつた。クマも疲れ切つてゐたからかも知れない。もつと疲れてゐれば紀州犬のやうに其儘倒れて了ふ事もあらうし、若しかしたら、毎日の苦労で頭が少しぼんやりしてゐたとも考へられる。何故なら、江戸川橋に来て、男の児と女の児が乗つて来ると、クマは自分が救はれた事を漸くはつきり意識したらしく、非常に喜んだ。そして、今度は腰かけてゐる私の両肩に前足をかけ、幾ら、それをはづし、坐らさうとしても、又しても起つて私の肩に両の前足をかけ、私の顔の前で長い舌を出し、早い息使ひをしてゐた。自家《うち》へ着くまでクマはさうしてゐた。一週間目にクマは帰つて来たわけだ。

あきらめてゐた所だつたから、自家の者の喜びは非常だつた。早速鎖につなぎ、牛乳をやり、バタをつけたパンをやり、シュークリームまで与へる子供もあつた。然しクマは初めはガツガツ食つてゐたが、それよりも暫く眠らして欲しいといふ風に、間もなく延ばした前足の間に首を入れ、薄眼を開《あ》いたり閉ぢたりしてゐた。

「偶然かも知れないが、偶然ばかりでもないやうな気がするね」

「よつぽど縁が深いのね。可愛がつてやつていいわ」

「田中に頼んだエアデル、どうするかな、ことわらうか」

「さうね。二疋となると、幾らか情愛が薄くなつたりすると可哀想だから、お断りになつたら」

「そんな事もないと思ふが、断らうかね。早速電話をかけてくれ」

実際不思議といへば不思議な事だつた。その日、客があり、その時間まで外出を延ばした事も、バスが満員で、一台やり過ごして乗つた事も、更にそのバスでも、若し反対側に腰かけてゐたら、クマを見る事は出来なかつたらうし、第一、十字路をバスが越す間にそれと直角の方向にゐたクマを発見したのだから、総てが実にうまくいつたものだ。ものがうまく行く時はさう云ふものだとも思つたが、それにしても、それを単に偶然と云つて了つていいものかどうか、分らない気がした。

私は二三日腿の肉が痛み、歩行に不自由をした。クマの方も矢張り二三日はすつかり弱つて、寝てばかりゐたが、それを過ぎると又もとの元気なクマに還つた。そして可笑しな事に、此事があつてから、クマは私に対し、又一層従順になつた。自家の者にはさうだが、それが他人に対してはまるで異ふので、その為め、私の家でも時々困る事がある。

（昭和十四年）

雪の遠足

寝坊をして十一時になつた。雪のあしたには珍しい薄曇りの日だ。雪は枝の先にはもう無かつた。太い所、股になつた所に水気を含んで残つてゐた。

「K君を起しなさい。それからH君はもう起きたか？」

「先刻《さつき》お弁当の事でいらしたんですけど、どうなの？　今からだと、もうおひるでせう」

「さうだ。然しパンを少し持つて行かう」

「Hさんはパンでよければ私《わたし》の方で作るからつて仰有《おつしや》るのよ」

「そんならそれでいい。兎に角、K君を起しなさい。ほつて置けば夕方まで寝ちまふから」

食事を済まし、支度が出来たのは一時過ぎだつた。K君には私《わたし》の古洋服、古あみあげを貸し、私とH君とはゴムの長靴を穿いた。H君はパンの他にコーヒーを入れた大きな魔法壜を肩にかけた。

雪の遠足、子供の頃程には勇みたてなかつた。然しまだ〳〵年にしてはこんな事を興ずる方だつた。

沼べりの田圃路を行くと雪はもう解けかけ、靴の下でびちや〳〵音をたてた。刈田の切株に丸く残つてゐた。

警察分署の横から町を横切り、踏切りの方へ行く。S大工の家《いへ》の前には夏の頃所望したが譲らなかつた「合歓木《ねむ》」が淋しい姿で立つてゐた。駅員対手に掛茶屋のやうな事をしてゐたから、夏、その下に縁台を出す繁つた木を取られては困るのだ。S大工が鬚《ひげ》だらけの達磨《だるま》顔を当惑さして居たのを憶ひ出した。

「夏になると、これが却々いいんだ。花も綺麗だし」未練がましく、私は木を仰いで過ぎた。

線路を越すと広々した畑になる。此辺、まだ一面に雪が残つてゐた。畝なりに波打つ雪の表面から麦が所々《ところぐ》にその葉先を見せてゐた。

矢張りいい気持だつた。私達は立ち止つた。其時不図《ふと》、十間程うしろに自家《うち》の小犬が来てゐる事に私は気がついた。小犬も其所で立ち止つてゐる。

「帰れ！」私は大声にいつて追ひかへさうとした。小犬は尾を垂れ、側《わき》へ身を隠した。

「歩けないかな」

「歩けない。富勢《ふせ》の植木屋へ廻ると三里あるからね」

兎に角、追ひかへす事にする。雪をぶつけると尻を丸くして逃げるが、少し行つては立ち止り、又此方《こつち》を見てゐる。追へば追つただけ逃げて同じ事だつた。

「Sの所まで連れて行つて縛つて来ませうか」

「捕まるまい」

それ程いぢめた事もないが、先天的、いぢけた性《たち》で、これまでも人に決して手を触れさせない犬だつた。黙つてゐれば縁さきにも来るが、呼ぶと直ぐ隠れる犬だつた。

根負けしてそのまま出かけた。小犬は遠くから見え隠れ、ついて来た。

「居なくなれば丁度いいんだ」

実際、飼つてゐても興味のない犬で、さう思ひながら、矢張り拘泥した。こんなに見え隠れ、ついて来られる位なら、まだしも近くついて来られる方がよかつた。時々呼んで見るが、小犬は決して近寄らず、此方《こつち》から近寄れば矢張り直ぐ逃げた。

それから半みち程来て、私達は傍《かたはら》の畑に入り、立ちながら、コーヒーを飲んだ。雪の中で熱いコーヒーはうまかつた。

「どうもあいつが気になつていけませんね」

「皆《みんな》で追ひかけたら捕まらないかな」

「もう少し疲れてからでないと……。此間首輪をゆるめてやらうとしたら手を食ひつかれた」

「どうしてあんな犬を飼つたんです」

「Yの置土産だ。母犬《おやいぬ》は相当なフォックステリヤだが、親父の方が野良犬なんだね。その根性を受けついでるんだよ」

「然しそんなに馴れない癖について来るのが変ですね」

「それが変だよ。さうなると、雪の中に置いてきぼりを食はすのも気持が悪いしね」

「止つてると少し寒くなる」

で、私達は路へ出て、又歩き出した。そして間もなくそれが近道で、大きな松林の中へ入つて行つた。水気を含んだ雪が時々高い枝から音をたてて、落ちて来た。

松林を出て細い路から一たん田圃路へ降り、更にダラ〳〵坂を登つて私達は或村落へ入つた。村には飼犬がゐて、小犬は脅かされ、よく見えなくなつた。その度、私達は後もどりをして探さねばならなかつた。

見つけて、「早く来い」かふ云ふと、小犬は尾を下げたまま臆病にその先を振るが、近づけば逃げた。何者をも決して信じない小犬の態度はいくら小犬でも腹が立つて来た。

「これぢやあ、夜になつても帰れないぜ。何処かで縄を貰つてつないで行かう」

私は農家で一間程の藁縄を貰つて来た。然し、村なかでなく、村を出はづれてから捕へる事にした。

「何くはぬ顔で先へ行つてくれないか」

私は道端の灌木の中に身を隠した。小犬が通り過ぎた所を挟撃するつもりだつた。段々遠ざかる二人の足音を聞きながら、私は今にも現れる小犬を待つたが、二人が一丁程行つても未だ小犬は現れなかつた。私はそつと覗いて見た。小犬は其処に立つてゐる。そして私の姿を見ると、直ぐ逃げた。

私は小犬が農家の納屋へ逃げ込んだ所を到頭つかまへた。小犬は夢中になつて、私の手に嚙みつかうとした。私は上顎と下顎を一緒に握つて、あいた手で縄を首環へ通した。それから犬の尻を五つ六つ平手で擲《なぐ》つてやつた。小犬は啼声もたてずに、食ひつかうともがいた。疳癪から此方《こつち》も殺気立つた。二本に短くなつた縄でつる下げてやると、小犬は歯をむいたまま鮒《ふな》のやうに空《くう》で跳ねた。

四つ足で踏張るのを無理に曳きずつて来た。左は桜山《さくらやま》と云ふ丘、右は路から一間程下《さが》つて田になつてゐる。私は運動のハンマーのやうに小犬を振り廻し、遠く田圃の中へはふり投げてやらうかと思つた位だつた。然し実際は路から田圃の方へ小犬を吊り下し、其斜面を横に転がしながら歩いた。小犬は雪にまみれ尚暴れてゐたが、少時《しばらく》すると、体力的に弱つた風で漸く音《おと》なしくなつた。私は路へあげてやつた。小犬は眼をつりあげ、青い顔をしてゐた。そして自分で嚙んだか、口から血を出してゐた。

兎に角一段落ついた。しやがんで頭をなでてやつても嚙みつかうとはしなかつた。甚《ひど》く怒つてゐるのだが、もう反抗する力が尽きて了つた。私は二人のゐる所まで小犬を抱いて行つた。二人は笑つてゐた。私は急激な運動と亢奮とで青い顔をしてゐた。二人は一尺五六寸の小犬を対手に活劇を演じ、青い顔をしてゐる年上の男を笑つてゐるらしかつた。然しそんな事は何《い》れ《つ》でもよかつた。

「僕が抱いて行きませう」H君が云つて呉れた。

「いいよ」

私は小犬が可哀想になつた。小犬は前歯を見せ、首を据ゑ、まるで下手な剝製のやうな形をしてゐて、頭や頰を撫でても眼も動かさなかつた。

目的地の布施《ふせ》の弁天はもう其所だつた。道から低い松並木の道へ下りた。其所は人通りがなく、靴を埋《うづ》める雪があつた。

私達は石段下の軒の低い休み茶屋へ入つた。土間は暗く、炉の火が赤かつた。私は硝子《がらす》蓋《ぶた》の平たい箱から勝手に駄菓子を出し、小犬にやつた。然し小犬はそれへ見向かうともしなかつた。鼻へすりつけるやうにしても頑固に顧みない。仕方がないので、今度は口を割つて入れてやつた。それでも食はず、口の横の方にそれを挟んだまま凝《ぢ》つとしてゐた。此方《こつち》が悲しくなつた。頑固も頑固だが、自分のやり方が如何《いか》に此臆病な、そして気のひがんだ小犬にこたへたかを察すると気が沈んだ。

小犬を縁台の足に縛り、暫く休んでから、私達は寺を見物に行つた。山門の下から見た本堂の厚い萱葺は立派なものだつた。

私達は堂内の絵馬を見上げ、それから丘を裏へ下《くだ》り、一夜に出来たといふ池を見た。山師坊主の仕事で、その水が万病にきくと一時ははやつたが、今は警察から禁じられ、其辺に出来た幾つかの掛け茶屋も立ち腐れになつてゐた。私達はなほ寺の宝物《ほうもつ》――近年此丘で掘り出された龍の頭蓋骨――を見、再び前の休み茶屋へ還つて来た。

小犬は縁台の下に丸くなつて寝てゐた。やつた菓子は幾らか食つたとみえ、減つてゐた。

小犬は鼻先を自身の下腹へ埋《うづ》めたまま、時々胴中《なか》を震はせて居た。

「迚《とて》も歩かして行くわけには行かないな」私は犬を見ながら云つた。そしてからだの大きな婆さんに、「誰か此辺で、こいつを貰つて呉れる人はないかね」と訊いてみた。

「病気にでもなりましたかね」

「病気ぢやァない」

「何だか、ひどく弱つてるね」

「いぢめたんだ」

「いぢめたつて……」婆さんは病気に極め込んで、「ろくに菓子も食はねえで……」と取り合はなかつた。

「仕方がない、風呂敷を貰つて、それへ包んで行かう」

間もなく私達はさうして此家《うち》を出た。犬を包んだ風呂敷包は結び目にステッキを貫《とお》し、K君とH君とが下げてくれた。

「そんな事をして行くと、人は何所かで盗んで来たと思ふぜ」と云ふと、

「馬鹿々々しい話だな」とH君がこぼした。

小犬は不安さうに結び目の横から首を出し、その辺を見廻してゐた。

「こら、お駕籠に乗つた気で居ると承知しないぞ」さう云つてH君はその頭を押し込んだ。小犬は少時《しばらく》すると、又しても首を出す。

H君はその度に「こら！」と云つてそれを押し込んで居た。癪に触つて居るのだ。

私達は両側にぽつり〳〵人家のある広い路を植木屋の方へ歩いた。日が暮れ、風が寒くなつた。

植木屋の家《うち》は一度来た事はあるが、道を此前とは逆に歩いてゐるので、私は気をつけながら行つた。

然し来て見れば苗木畑で直ぐそれと知れたが、家《うち》の方はどうした事か、すつかり戸が閉つてゐて、声をかけても返事がなかつた。尤《もつと》も植木屋は独者で、前年来た時には薄暗い部屋の中に十五六の痩せこけた男の児が寝て居たが、秋、私の所に働きに来た頃はもう其子にも死なれ、全くの一人になつたと行つてゐた。子供の母親も一年前同じ肺病で死んだと云ふやうな話もして居た。

「何所かへ出かけたかな」

「近所で訊いて見ませう」

向う側の路地を入ると、軒下で赤々と顔を照らされながら爺さんが鉄砲風呂の火を燃やしてゐた。禿頭の後《うしろ》の方につけた小さな丁髷《ちよんまげ》で直ぐ分つたが、此爺《ぢぢい》は萱を葺く屋根屋で、先年私の所にも仕事に来た事のある知つた顔だつた。

「戸が閉め切つてあるが、植木屋は何所か遠くへでも行つてゐるかね」

「ああ、あれは此歳暮《くれ》に亡くなりましたよ」

「……」

「旦那とこへ仕事に行つてたね。あれから後《のち》ずつと弱つてゐたが、到頭歳暮《くれ》に亡くなりましたよ」

あの厳丈な植木屋が死んだ——全く思ひがけない事だ。「それぢやあ、みんな死に絶えたわけか」

「さうですよ」

「気の毒だな。実に気の毒だな。病気は何だつたらう」

「矢張り風邪が元だつたね」

「肺炎かな」

「そんな病気だつたらうね。皆《みんな》肺が悪かつたからね」

「然しいい身体をしてゐたがなァ。力もあつたし」

去年の秋、私は此植木屋と一緒に毎日植木いぢりをしてゐた。その間に先づ私が流感にかかり、私が直ると間もなく今度は植木屋がかかり、半月程仕事を休んだ事がある。そして又働きに来た時には植木屋は眼に見えて元気がなくなり、弟子と二人で昼食《ちうじき》には屹度焚火で秋刀魚《さんま》を焼いて居た。毎日脂の強い秋刀魚《さんま》を二疋づつ食ふと云ふ事が弱つた身体に勢《せい》をつけるつもりらしく思へ、何となく気の毒な気がした。よく働く男だつたが、病気のあとは煙管《きせる》をくはへ、ぼんやり休んでゐる事が多くなつた。そのうち、いよ〳〵堪へられなくなつた風で、仕事は未だ残つてゐたが、あとは春のことにして貰ひたいと云ひ、私の方も別に急がなかつたので、近日苗木でも見に行くからと別れたのが、そのまま今日になつたわけであつた。

一年半足らずに親子三人が次ぎ〳〵に死に絶えてしまつたと云ふのはよくよくの不幸だ。力はあり、如何にも健康さうに見えたが、一方静かで落ちついた所のある男で、私もそんな点で特に此男に好意を持つてゐたが、死んで見ると、それらも矢張り、さういふ運命からさす影ではなかつたかと云ふ風に思ひなされ、淋しい気持を誘つた。

私達は往来へ出た。低い生垣を廻《めぐら》した苗木畑には高野槇《かうやまき》、木斛《もくこく》などが一丈程の高さで押し合ひ、へし合ひ繁つてゐた。それらを作つてゐた人の家《いへ》は死に絶え、今は木だけで繁つてゐると云ふのは一種不思議な気持がした。空家が屋根に雪を頂き、夕闇の中に凝《ぢ》つとしてゐるのも淋しかつた。

私達はこれから尚一里あまりの雪解《ゆきどけ》の夜道を行かねばならなかつた。小犬は今は音なしく風呂敷の中に眠つてゐるが、然し今日の事で此小犬も益々ひねくれるだらうと思ふと、可哀想でもあり、いやな気持にもなつた。

私は少し疲れて来た。路も去年一度通つただけで、夜では確でなかつた。松杉に被はれた切通しの暗い坂を下りる時には私は何度も足を滑らしかけた。私達は薄ら寒い風の中を黙り勝ちに歩いた。

（昭和三年作）

トム公の居候

徳川夢聲

1

「ワン——ワン——ワン。」

トム公が、妙に調子のとれた、吠えかたをしている。二秒に一回の割りで、一声ずつ吠える。

——ははア、またやつてるな。

そう思つて、茶の間に坐つてる私が、首をねじまげて、縁側越しに振りむいて見ると、果たせるかなトム公、三昧《さんまい》に入つてやつているのである。

そこにモツコク（木斛）の古木があり、その下枝でトム公が、背中を掻いている。高さ一丈あまりの樹だが、茸状につくられて、横のひろがりも直径一丈あまり、一番下の枝は、地上から一尺ばかりのところへ、やや水平に張り出している。

その枝へもつてつて、トム公は背中の下半分、殊に腰のあたりをグイグイとすりつける。

数年以前から、腰の、尻尾のつけ根あたりに、なにか湿疹（オデキ）ができて、非常に掻ゆがつていた。場所が場所なので、足で掻くこともできず、歯で噛むことも困難である。なんとかして、そこを噛もうとして、クルクル廻つていたこともある。掻ゆくて堪らないのか、それとも自烈《じれつ》たいのか、トム公は悲鳴をあげるのであつた。

飼主たる私たちも、黙つて見てはいられないので、ペニシリン軟膏をすりこんでやつたり、獣医に診てもらつたりしたが、どうしても根絶やしにできない。クスリを塗つた当座は、やや鎮定したかのようであつても、また、しばらくすると始まる。しかも、少しずつ領土をひろげるのである。

夏の間は、息子と姐《ねえ》やとで、風呂桶の湯をタライに入れて、コナ石鹸をもつて、ブラッシュで洗つてやる。すると、見違えるようにサッパリとなつて、当分は掻ゆがらないようである。が、これはそうチョイチョイとはいかない。私たち一家のものが、真実の愛犬家でないからである。

ところでトム公は、どうした機会においてか、モッコクの下枝で、背中を掻くことを案出したのであつた。その下枝は、高さと云い、太さと云い、しないかたと云い、特にトム公の背中を掻くために、誂えたようなものなのである。

「トム公つて奴、とても頭脳《あたま》が好いらしいわね。」

「うん、とにかく発明の才があるんだな。」

と、私たち夫婦は、すつかり感服した。それを、ただ、矢鱈《やたら》とコスリつけているだけなら、そう感服するにもあたらないが、トム公のスリツケかたは芸術的なのである。

即ち、尻尾《しつぽ》のツケ根から、七寸ばかり上のところまでを、くり返し、くり返し、リズミカルにコスル。後足を少し曲げ加減にして、これで患部を枝に押しつける調節をして、前足の右を一歩進めたり、退却させたりする。前足の左は、右足が進む外に、ポンと地上を叩くだけ、――これで正確なタクトをとつてるように見える。そして、このタクトに従つて〝ワン〟と一声吠えるのである。

だからこれは、体操の掛声みたいなものであろう。もつともトム公にしてみると、なにも掛声で景気をつけるつもりはない。はじめは、単に好い気もちなので、悲鳴のようクンクン声を洩らしていたのだろうが、いつしか、そういうワイセツに近い声は自粛して、清明なるワンの一方にきめたのであろうと思われる。

そこで、その〝ワン〟たるや、実は吠えるという言葉にあてはまらない。泥棒を吠えたり、仲間同志で吠えたりする時のような、気魄のこもつたものでなく、半分は唄をうたつているようなものだ。

全精神を、患部の快感に集中して、左前足でポンポン——と、タクトをとりながら、酔っぱらいの如く眼をすえて、ワン——ワンと、七寸前進、七寸後退をしている様子は、頓《とん》とミヌエットの伴奏でもついていそうで、誰しも笑い出してしまうのである。

2

トム公は、昭和二十三年の暮ごろ、私の家に連れられてきた。私の家で、別に欲しがったわけではない。

「どうも、近所の下駄をくわえてくるんで、近所中からオシリがきて困るんです。お宅なら、塀を取りまわしてあるから大丈夫だと思うんですが、ひとつ引きとってもらえませんかしら。」

と、西荻の方に住んでいる知人から頼まれて、不承々々に引きとつた犬である。勿論、雑種の駄犬である。私は、どちらかというと名犬派でなく、駄犬派であるから、駄犬であることに異存はないが、それにしてもあまりに駄犬であつた。なんとも取り柄のない、ただブクブクと肥つた仔犬である。トムという名前は、知人宅でつけていた名を、そのまま踏襲したわけだ。

初めの中は、馴れない家にきたせいか、おとなしくしていたが、やがて裏の方の生垣をくぐつては、近所の下駄をくわえてくるようになつた。だんだん大きくなるにつれ、その悪癖はいよいよ増長して、さながら下駄のコレクションをやつてるような有様となつた。

時には、真新らしい女の塗り下駄などもつてくる。こういう時は、姐やにそれを持たせてやつて、近所の家を軒なみに、

「これ、お宅の下駄じやありませんか？」

と、聞かせて歩かせる。手数のかかること夥しい。なるほど、知人が悲鳴をあげて、私の家におつつけたわけだと合点した。

「どうせ、くわえてくるなら、片つぽばかりでなく一足揃えてもつてくれれば好い。そんなら下駄屋が開業できるのに。」

と、私は冗談を云つた。いくら叱つても、このコレクションは止らない。よくよく下駄というものが、彼の興味をひくものらしい。そのうち、下駄ばかりでなく、靴もくわえてくるようになつた。それも子供のゴム靴の片方が、よほどお気に召すらしい。

このハキモノ・コレクションは、一年近く続いて熱がさめたが、そのころはトム公、既に少年時代から、青年時代に移つて、大分、男つぷりがよくなつた。ズングリした姿が、スッキリとなつてきた。そして、垂れていた耳が片方だけ立つてきた。

「オヤオヤ、この犬は耳の立つ種類かな？　それとも、片方だけ立つたままで、それつきりかな。そうだとなると、恰好がとれない。獣医に頼んで、両方とも半分ぐらいにチョンぎるんだな。」

などと、家のものと語り合つていた。しばらくすると、寝ている方も立つて、トム公は見違えるほど颯爽たる顔つきになつた。シェパードを小型にしたような顔である。毛並もスッキリとしてきた。赤ブチ模様も、ぐつとピントが合つてきた。頭から両耳にかけて、栗色のカブトをかぶつたようで、黒い鼻と唇の周囲は白く、背中の下半分に、栗色のまるいブチが二ヵ所あつて、尻尾もブチがあるが、あとは全部白毛に、栗毛の点々が、飛沫《しぶき》のように散つているという趣向。身長は（犬はどう計るのか知らないが）、鼻の先から尻尾のツケ根のところまで、ざつと二尺五寸というところ、まず犬としては中くらいだ。

　思いの外に利巧なところがあり、芸などもすぐおぼえる。オテテ（お手々）、ワンなど、たちまちである。ただ、教える主人の方が無精であるから、チンチンも、オアズケも、殆んどダメである。これは、トム公の責任でなく、もつぱら私たちの責任である。

利巧である証拠には、茶の間にいる私たちが、

「裏へおまわり。」

と、人さし指をくるりと廻して見せると、彼は大急ぎで、台所の方に走つて行く。無論、そういう時は、姐やが何か御馳走をやるべく、待つている時なのであるが、とにかく指の動きを見て、その方に走るというのは、単なる駄犬でないと思う。

吠える声も、ドスの利いた名調子で、塀の外から声だけ聞いていると、いかなる猛犬かと思うほどだ。泥棒も、強盗も、この声を聞いただけで、私の家は敬遠するに違いない。

それは好いが、ここにトム公が、私たちをこの上もなく悩ませる悪癖が、新らしく発見されたのであつた。それは、人間のカガト（踵）に噛みつくという、飛んでもない趣味が、彼にあることである。

3

私は、愛するトム公のために、敢て〝彼の趣味〟という。決して、人間そのものに害意

があつてするのではない、と私は信じているのである。

どうも、この趣味は、彼が少年のころの、下駄及びゴム靴のコレクションと、一脈通ずるものがあると思われる。

彼は、例のドスの利く声で、塀の外をマゴマゴしてる人間を叱る。さつさと歩いてる人間には決して吠えない。その歩調に、ちよつとでも乱れがあると吠える。例えば、男女が立止つてヒソヒソ話をしたり、キッスをしたりすると、猛然叱りつける。酔つ払いが、小便をしにやつてくると叱る。

――ヘエエ、こんなキタネエ家が、ムセイの住居かい？

てなことを思いながら、表札なんど読もうとすると、トム公は塀の内から、嚙みつきそうに吠える。

然し、これらは塀の内と外とであるから、問題は起らない。事件は、人間が門の扉をあけて、入つてきた時に起る。いや、入つてくる時は吠えるだけだが、危ないのは門を出て行く時なのである。

即ち、門を出ようとして、片足で門扉《もんぴ》の敷居をまたいで、残る片足をあげて、全身が門外に出でんとする時、トム公は無言のままスッと近づいて、カガトをアングリとやる。これは第三者が見物していると、非常に滑稽な風景なのであるが、アングリやられた当人は、滑稽どころの騒ぎでない。

その昔私は、品川の大師匠と呼ばれた橘家圓蔵の落語で、権助が主人の女房から内命をうけて、妾宅の塀の節穴から覗いていると、犬がやつてきて、黙つてカガトに食いつくところを聞いた。

——痛えツ！　こら、犬のくせに黙つて、オラのカガトをくらう奴があるか！　たまげた犬だな、お前は！　ワンとか、ウーとか、断つておいてから、くらいつくもんだぞ。

その時の可笑《おか》しさ、私は、今思い出しても吹き出したくなる。が、その時私は、

——黙つて食いつく犬なんかあるもんか！

と思つて、尚更可笑しかつたのであつた。

然るに、そういう犬が現実にあるということを、このトム公によつて私は知つた。なるほど、初めに吠えることは大いに吠える。然し、一度、カガトに突進する場合になると、どういう理由か分らないが、その少し前から沈黙するのが定石である。

門を入つてくる人間で、彼が最も激しく吠えたてるのは、電灯、ガス、水道などの集金人及びメートル調べである。

——金を、主人が取られるから、それで吠えるのかな？　と、ちよつと感心しかけたが、為替《かわせ》入りの書留をもつてくる郵便配達（郵政事務官というのだそうだ）にも吠えるから、うつかり感心はできない。どうも、制服をつけた人間が嫌いらしい。

押売りだろうと、乞食だろうと、服装がマチマチで大威張りで堂々と入つてくる奴には、トム公は絶対に吠えない。その代り少しでも、躊躇する気配があると吠える。が、このへんのところは、世間一般の駄犬もそうなのであろう。

沈黙のカガト食いつき！　これこそ彼の特技である。実は、私もしばしば、アングリやられているのである。例えば、庭で私が彼と大いに親睦を計り、さて、くつぬぎ石の上で、左の下駄をぬいで、左の足を縁側にのせ、次に右の下駄をぬごうとして、右足のカガトが下駄を離れようとする瞬間、トム公は尻尾を振るのをやめて、ツーイと近づいて、そのカガトをアングリとやる。

「痛い！　こらツ！」

叱りつけると、すぐ放して、私の顔を見て尻尾を振つているのである、アングリといつても、アングリやつて肉を嚙み切るわけではない。トムとしては至極ヤンワリやるつもりだが、歯が尖んがつているので、チクリと感ずる。

犬としては、ヤンワリ嚙むことは、愛情の表現である。人間ならチユッとキッスしたいところだが、犬の口の構造から、それは不可能である。そこで、愛する主人たる私のカカトに、アングリとやることは、彼としては最大のサービスなのである。

だが、家の者以外は、そんなデリケートな彼の感情は分らない。チクリときたので、ハッとなつて見ると、犬がモロに食いついている。

「うわアアアッ！」

と、絶叫して足をふりもぎろうとする。トム公の方でもビックリして、思わず顎の筋肉に力を入れるという次第。こういうことを繰り返しているうちに、彼としては、愛情の表現をすると、人間が大声を出して、あわてふためくという発見をして、どうも段々面白くなつたものらしい。

面白くなつた結果、今度は、もう愛情の表現でなく、単に、実験的な興味から、各種各様の人類に、これを試みるようになつたのではあるまいか。主人一家の人間に、実験をやると、ひどく叱りつけられるに定つてるので、彼はもつぱら門を出入りする、客に向つて試みることにした。

いやはや、それがために、私の家の者は、幾度、あやまつたり、治療代を支払つたりさせられたか分らない。そして、その度毎に、保健所に行つて調べてもらうので、しまいにはトム公は保健所の役員諸君に、すつかり顔が売れてしまつた。噛まれた被害者と、トムを引つ張つた姐やとが、保健所に行くと、

「あア、君を噛んだのはこの犬ですか？　そんなら大丈夫です。これは狂犬じやないですよ。」

と、トム公の方はそのまま返されるという始末。一度は、ゴムマリをとりに門から入つてきた、女の児に実験をしたもんだから、その父親が怒鳴りこんできた。

「とにかく子供は、どこに入つて行くか分らねえんだ。そんな物騒な犬は、なんとかしてもらいてえ。」

と談じこまれたには弱つた。事実、私としても、一層のこと獣医に頼んで、モルヒネかなんかで安楽死をさしてしまおうかと、一再ならず思つたのである。が、思うだけの話で、とても実行できることでない。

4

そのトム公に居候《いそうろう》が出来たのである。昨、昭和二十八年、私たち夫婦が世界一周の旅から帰り門を入ると、トム公が大変な喜び方をした。というのは別に不思議はないとして、ヘンな黒い犬が、トムと一緒になつて、至極アイマイな尻尾の振り方をしている。

「あれ、この犬、どうしたんだい?」

「それね、トムの居候よ。もう三週間も前から、居ついてどこへも行かないの。」

と長い留守番をしていたF子が答えた。

「どこかの飼犬らしいね。」

「そうよ。トムより色々芸が出来るの。だけど、自分の家がわからなくなつたらしいんです。」

「してみると、あんまりリコウな犬じやないな。」

「ところが、とてもリコウなんです。そして、トムをとても尊敬してるんですの。」

と、F子は面白そうである。だんだん話を聞いてる中に、この居候には、私も興味をもつようになつた。

まず、この居候クロ公（毛並が黒いから、家のものがそう呼んでいた）は、絶対に吠えない、どうも唖らしいという話。唖犬というのは、私には珍しい。次に、このクロ公は実に礼儀正しく、何をするにも主人たるトム公をたてて、自分は一歩引下り、食事の時なども、主人トム公が食い終るまで、そばで静かに待っていて、あとから残りを慎ましやかに頂戴する。決してガツガツしない。トムもまた、クロに対して寛大である。自分の食器たる洗面器に、他の犬が首を突っこむことは、従来、絶対にゆるさなかったところであるが、クロ公にはそれもゆるすという話。

とにかく、追払うのも気の毒であるから、当分そのままにおいておけと私も決心した。そして、様々の角度からこの犬の居候を観察した。

「居候の方が、ずつと名犬じやないか。」

と、ある時やつてきた、宮田重雄画伯がそう云つたが、あるいはそうかもしれない。

スピッツとチンの混血みたいだが、こういう純粋犬があるのかもしれない。クロと名づけられるくらいだから、全体にフサフサとした黒毛であるが、顎の下のところにヨダレ掛けみたいな黄褐色の部分があり、腹の部分と四足の内側及び下部、それから尻尾の下側などに、おそろしく長い黄褐色の毛が生えている。そうそう、それから両眼の上に、黄褐色の斑点が、まるで化粧したようについている。全体の感じが、唐獅子みたいだ。大きさはトム公より、一まわり小さい。

初めは、唖だと思つていたが、一ヵ月ほどすると、妙な声を出し始めた。咳をしているのだと思つてると、どうもそれは吠えてるつもりらしいのである。

「おい、クロは唖じやないぜ。きつと何か飲まされて、声帯がつぶれたんだ。」

と、私は家内のものに云つた。そして、推理をはたらかせて、次のような結論を下したのである。

クロは何者かに一服もられた（或は毒薬の入つてる鼠とりの団子でも食つたか）にちがいない。その猛毒により、咽喉は冒され、頭脳もヘンになつた。苦しまぎれに、ふらふらとさまよい歩いてる中に、遠くの方まできてしまつて、飼主の家が分らなくなつた。私の家の状態と、もとの飼主の家の状態と、どこか似通つたところがあつた。あるいはまた、もとの家でもトム公と似た犬がいたのかもしれない。勿論、トム公と気が合わなければ、一刻も居候など相つとまるものでない。

そのうち、頭脳の具合も、よくなつてくるにつれ、クロ公自身としても、

——どうも、なんだかヘンだ。どういうわけで俺は、ここの家に居ることになつたんだろう？

と、考えるようになつた。たしかに、クロ公は、私たちに尻尾をふりながら、いつも何かフニ落チナイという顔つきをしていた。

5

やがて、クロ公も、ちやんと声を出して吠えるようになつた。然し、いかにもたよりない吠え方で、それも自主的に吠えるというのでなく、トム公が猛然として吠えると、それに従つて合の手を入れる程度だ。

居候三杯目にはそつと出し

という川柳がある。クロ公の態度は、徹頭徹尾これである。食事の時の、洗面器に対するクロのエチケットぶりは相変らずであるとして、おどろくのは庭先で、お菓子や肉片を投げてやる時である。

主人たるトム公が、近所にいる限り、鼻先に投げてやつても、クロ公は知らん顔をしている。トム公がみんな食つてしまう。うつかりクロ公が口をつけようとすると、トム公がウーと唸る。唸られるとすぐあきらめる。私たちが可哀そうに思つて、トムとクロとに、相当の距離をおいて、同時に二つのパンを投げてやつても、クロは見るだけで口をつけようとしない。トムが両方とも食つてしまうのである。

食物について既に斯《か》くの如《ごと》し、あらゆる事において、主人と居候との関係が、ハッキリと示される。例えば、私が外から帰つてくる。クロ公も、だんだん私に馴れて、私に甘えようとする。すると、トム公が唸つて叱りつける。クロ公はとたんに引きさがる。

——バカヤロー。これは俺の旦那だ。てめえ、居候の分際でナマイキだぞ!

というのが、トム公の言い分らしい。

可笑しかつたのは、彼等の新築家屋が出来た時であつた。アメリカから送つてきた、冷蔵庫の外装箱が、ベニヤ板の頑丈極まる建造物であつたので、それを改造して大きな犬舎を作つてやつた。左様、広さ半坪ぐらいあるであろう。

あんまり立派な家屋なので、トム公は警戒して、はじめのうちは入ろうとしなかつた。するると、ある日、急に寒くなつて、雨が降り出した。二匹の姿が、庭先に見えないので、もしやと思つて、離れの外にある犬舎に行つて見た。

「うッ！　これは好い！」

私は吹き出してしまつた。なんと、主人たるトム公は、殿様の如く奥の方に寝ころび、居候たるクロ公は、宿直《とのい》の武士の如く、遥かに（といつても一尺五寸ぐらい）下つて、入口のすぐそばに寝ころんでいた。

可笑しいと同時に私は考えさせられた。人権が平等なら、犬権だつて平等だろう。然るに、彼等犬と犬との間において、殿様対家来の階級が、自然天然と生じたのは、一体どういうわけであろうか？　つまり、階級というものは、動物以来の自然法であつて、平等なんていうものは単に人間の頭に生じた幻影にすぎないのではないか？　然り、不平等こそ、正しき自然の姿である。もつとも、こんな考えは昔から、私の胸にあつたような気がするが、この犬舎風景を見て、それが確認された次第である。

6

とにかく犬を飼つてると、いろいろ教えられる。一昨々年の晩春のころだつたか、トム公がしきりに悲しげに鳴く、やたらと寂しがつて私たちの傍にいたがるのであつた。顔や、胴体が妙にムクんで見えた。

「おい、トム公はフィラリヤらしいぜ、お医者様に診せておいで。」

と私が命じたので、姐やが家畜病院につれて行つた。果してフィラリヤだつた。昔はフィラリヤというと、犬は助からないものとされていたが、このごろ素敵な注射薬が発明されたそうで、トム公はその注射を受けてきた。その時の、姐やの報告に、

「心臓に虫がわくと、犬はサビシクて、カナシクて堪《たま》らなくなるんじやそうです。」

という一言があつた。私はハタとばかり、膝を打ちたい気がした。トム公が、悲しそうに鳴いていたのは、失恋したからでもなく、自分の境遇を嘆いたわけでもなく、腹が空《へ》つたからでなく、生者必滅の原理を覚つたからでもなく、ただシンゾーにムシがわいたからである。

——思想なんてものは、生理現象の末端風景にすぎないものであるのではないか？

——勿体らしく厭世思想などと、いうが、つまりはシンゾーのムシの産物の類か？

こんな考え方も、昔からあつたに違いないが、この場合はトム教授のフィラリヤによつて、端的にカツ然とそれと悟らされたのである。

雪が降ると、トムとクロも、共に大喜びであるが、雪解けの時はトムは元気がない。ト

ム公は水が大嫌いなのである。クロ公は、わざわざ解けかかつた雪の上で寝る。濡れることが全然平気らしい。雪が降つたので思い出したが、クロ公は、南極探検の映画などに出てくるソリ犬と、毛なみがそつくりである。

トム公は水が嫌いであるから、雨が降ると悄気《しょげ》る。縁側に足をかけて、食物などねだつている時、拙妻が、

「トム、お水だよ。」

というと、恨めしそうな顔をして、足をおろすのである。口だけでは、中々云うことをきかない場合は、コップなり、湯呑みなりを手にもつて〝お水〟というと、狼狽《あわ》てて退散する。

主人と居候ではあるが、トムとクロとの仲の好いこと一通りでない。

「きつと、同性愛よ。」

と拙妻は云うのである。シーズンになると、この殿様と家来とは、交るがわる、男性的ポーズをとる。勿論、ポーズだけの話で、人間の如き醜態は演じない。その時、女性側に廻つた方は、アッケラカンとしているのが常である。

性欲が昂進すると、人間は野獣に返るが、犬は狼に返るらしい。シーズンの夜、トム公

は数万年以前の祖先に返つて、例の遠吠えという唄をやらかす。ところが、トム公は歌手としてはバス歌いなのであろう、どうもこの遠吠えたるや、人間の声そつくりで、しかも霧に迷つてる船の汽笛の如く、ボーオオと響きわたるので、私はゾッとする。近所の手前放つておけないので、午前二時ごろという に、私は起きて門の扉をあけてやる。すると、トムもクロも、連れだつてイソイソ出かけて行くのである。

7

最近のある夜、表の方にあたつて、タダならぬ気配があり、犬の悲鳴が聞えた。家のものが飛び出して行つて、門の扉をあけてやると、トム公とクロ公が、もつれ合うようにしてかけこんできた。

私が、茶の間からチラリと見たところでは、クロが負傷して、トムがそれを看護しながら、縁の下にもぐりこんだ。その時の、クロの鳴声が珍しかつた。

——キッ、キッ、キッ！

百舌鳥（モズ）の声を、短かくチョン切つて鳴くようであつた。犬が、こんな声を出すとは知らなかつた。

それきり、静かになつて二匹とも縁の下から出てこないのである。

「トム、どうした、トムトム！」

と、私が声をかける。息子が口笛を鳴らす（これを聞くとトムは必ず飛んでくる）。すると、トム公は縁側から、半身を見せて尾を振つていたが、また縁の下に入つてしまつた。

――いえ、友達が大変でして、今、手が放せません、では御免ッ！

そう云つてトムが引つこむように見えた。

「クロの奴、どうしたんだ。」

「自動車の急停車する音がしたから、あいつ自動車に撥ねられたんだよ。」

「見てやれよ。」

「死んでるかもしんねえな。」

と、息子は懐中電灯をもつてきて、縁の下を照らして見た。

「大丈夫、生きてるよ生きてるよ。頭から血が出てらあ。トムが一所懸命ナメてやつてるよ。」

という報告だ。

「犬も看病するもんかなあ！」

と私は感服して云つた。とにかく、トム公は、それからクロ公に附きつきりで、手当を加えている様子だ。手当といつても、もつぱら舐めてやる一手で、つまりシタアテ（舌当）であるが、その看護ぶりたるや、到底、薄情な人間どもの及ぶところでない。

翌日、トムの方は食事に出てくるが、クロは縁の下にこもりつきりだ。トムも、時々、庭を散歩する以外は、クロの傍で寝ころんでいた。奇禍に会つて寝こんでいる、友人（あるいは子分）を、極力、慰問せんとするかのようである。

その翌日、ようやく快方に向つたものか、クロ公が縁の下から出てきて、茶の間の縁側に顔を出して見せた。

「わツは、まるで手旗信号だね。」

と私は笑つた。笑つてはすまんようだが、どうにも滑稽な顔である。左の眼の上のところに、ポカリと赤い空地が出来て、血がにじみ出し、そのあたりの毛にコビリついていて、左の耳は低く、右の耳は高く、丁度手旗信号をしてるように見えた。自動車に引つかけられて、その部分を抉《えぐ》りとられたのであろう。

「これで懲りて、クロ公の奴、もう外へ出たがらないでしようよ。」

と拙妻は云つた。トムは、あまり外出したがらないのであるが、クロは、どうも浮浪性があると見えて、外へ遊びに出たまま、中々帰つてこない癖があつたのである。それがために、トム公までが一緒に誘われて、外へ出るようになるから困るのだ。

なにしろ近来は、規則がやかましくて、昼間は絶対に、つないでおくようにしないと、いつイヌコロシに連れて行かれるか分らない。だから、クロ公の如く出あるく癖は、禁物なのである。

ところが、一週間ほどすると、左の眼の上にポカンと褐色のハゲをもつたまま、クロは表に出て行つて、半日近くも帰らなかつたのである。トム公は、その間、さも寂しそうに、鎖につながれていた。

「やつぱり懲りないのね。犬なんてバカなもんだわね。」

と、拙妻は詠嘆するのであつた。

「いや、人間だつて、あんまり懲りる動物じやないぜ。」

と、私は自分自身の過去のノンダクレ時代をチラと考えながら云つた。

「そう云やあ、そうね。」

と、彼女も即座に賛成したのである。胃が悪い悪いとこぼしながら、食いしんぼうの直らない彼女である。

「犬の家」の主人と家族

長谷川如是閑

私の家のことを、村の人たちは「犬の家」といつていました。私の家族は人間が三人で、犬が十四でした。私は若いころ、大阪と神戸のちようどまん中にある、今は市になつていますが、そのころは字《あざ》であつた芦屋《あしや》という村に七八年住んでいました。この村は神戸から有馬まで大阪湾にそうて、九百メートルから五六百メートルの高さでそびえている六甲山の裾にあつて、私の家はその麓の松林の中にある、人里はなれた一軒家でしたが、村の人はとき〴〵遠くの方でたくさんの犬の吠え立てる声を聞くのでした。それは私の家の犬たちが、私が夕方家に帰つて来ると、いつせいに歓迎の声をあげるのです。

私の家の座敷に坐つていると芦屋の田圃がひろ〴〵と見渡されて、そこを東海道線の汽車の通るのが見え、その向うは大阪湾で、内海通いの汽船も見えるというような、眺めのいい家でしたが、私と妹と婆やの三人きりで山の中の一軒家に住んでいるので、私には閑静でいいのですが、女たちはさびしがつて、近所から生れたばかりの小犬をもらつて来たのでした。

私は、子どものころ自分の家が、虎だの豹だの熊だの象だののいる遊園地だつたので、動物が人間よりもすきになつて、その犬も自分で抱いてねて、大きくなるのを楽しみにしていたのに、うちに来て一と月もたゝないうちに病気で死んでしまつたのです。

その時の私の沈んだようすを見て、家のものが心配していると、村の人たちが同情して、大きい犬や小さい犬を、あつちこつちからもつて来てくれたのでしたが、私の犬ずきがそれからそれへと伝わつて、犬をくれる人がたくさんあつて、私の家にはいつも十匹ほどの犬がいるようになりました。

けれどもお金をだして買つた犬は一匹もいませんでした。お金をだして犬を買うのは、私には人間の子どもを売り買いするのと同じような、いやなことなのです。ですから私の犬はみんなありふれたポインターやセッター、ブルやテリアなので、めずらしい種の犬はありませんでした。

しかし私は、町をぶら〳〵あるいている、何種ともわからないような、眼つきのよくない、人を見るとこそ〳〵と逃げる駄犬《だいぬ》はきらいでした。みんなもそれを知つていて、種のわかつた、すじようのいい犬をくれるのでした。

犬には種によつて、身体の各部に標準型がきまつていて、それによく合つた高い点数のものほど純良種なのです。私の犬は、平均点にとゞいているかいないかぐらいのところでしたが、それを私は根気よく育てて、行儀のいいことは純良種にまけないようにしました。

そのたくさんの犬は、うちの庭を竹の柵で囲つた中に放しがいにして、たべものも、二ツ三ツの食器で、いつしよにたべさせます。食物をうばいあつて噛みあうようなことは決してしません。

犬舎は、人間の住居のように床を高くつくつて、段梯子《だんばしご》をかけてあります。お客さんがあると、私は二階の座敷の窓から顔を出して、その犬たちに、「小舎《こや》へはいつて」というと、遊んでいる犬たちは先きを争つて小舎に上つて行きます。お客さんは、「うちの子どもたちよりもここの犬たちの方がよくいうことをきく」というのでした。

ときどき村の人が、山でひろつて来た山鳥の死んだのをもつて来て、犬のいる中に投げてやることがあります。犬たちは争つてそれをくわえようとしますが、その中の一匹がくわえると、もう外の犬は、手だし、ではない口だしをしません。その時私が二階の窓から、鳥をくわえている犬に、「放して」というと、その犬は口から鳥をはなしてしまいます。

犬をそのように訓練するのに、猟犬や軍用犬の訓練所では、鞭を使つてずいぶんきびしい方法を用います。始めは訓練者が左の手を高くあげて、「ダウン」というと、犬が前足を長く伸して腹を地につけてすわることを教えるのですが、「ダウン」といいながら、首輪につけた鎖で地に引きすえて、犬の背を鞭でうつのです。私は鞭なしでそれを教えました。

犬舎へ入ることなどは、訓練所では教えませんが、どんなことを教えるにも、たいてい鞭でうつのです。梯子を上るのでも、ジャンピングでも、水泳でも、みな鞭で責《せ》め立てます。鎖を引張る癖のある犬は、引張ると首のしまるようにできている首輪のうらに釘のでている首輪をはめられます。駆け出す癖のある犬には、駆け出した時に、そのしりに猟銃でバラ玉をうちこみます。これは速成で、はやく訓練するためです。

私は犬を、そんなふうに訓練したことはありません。私は、ふると高い音のする、長い革紐の鞭を使いましたが、打たないで、その音でおどかすだけでした。

いくら長くかゝっても、始めから終りまで、根気よく、たゞ命令の声とその鞭の音だけで訓練するのです。

おおぜいの犬を一つところに入れてもかみ合いをしないようにすることなどはすぐできます。新らしくきた犬を紐つきのまゝいれて、私もかこいのうちにはいって、その犬が外の犬とかみ合いをしそうになると、「コラ」といつて紐を強く引いて、皮鞭をならします。外の犬はみんななれているから向つて来ませんが、たまについ向つてくるのがあると、やはり音声と鞭の音でおどかせば、もうそれきり決して新らしい友だちをいじめません。

一つ食器でたべ物をたべるようになるのも、始めは私がついていて、かみ合いをしそうになると、「コラ」といつて、鞭をならして、食器を取り上げてしまいます。なんどもなんども根気よくそれをくりかえしているうちに、かみ合いをしないようになりますから、そうなつてから食べさせるのです。しまいには、小犬がたべていると、大きい犬はよだれをたらしながら、それを見ているようになります。

犬にはいろ〳〵の種類があつて、その種類が違うと性質もちがいます。猟犬にいい犬もあり、番犬にいいのもあります。猟犬でもいろいろ種によつて動作がちがつています。セッターという毛の長い犬は、「セット」といつて、石のコマ犬のようなかつこうで坐る性質があるので、草のなかに獲物がかくれているのをかぎつけると、そんなかつこうで坐つて獲物のいるのを教えます。ポインターというのは、「ポイント」するといつて、獲物をかぎつけると、鼻のさきでその獲物のいる方向をさし示します。

これらの犬はおとなしい性質で、猟犬にいいのですが、気のあらい、力の強い犬は番犬に適しているのです。ブルドッグは、ガマロのような大きい口で、歯の力もたいへん強いので、かみついたらはなれません。西洋では、むかしこの犬を牛とたゝかわして見物したのです。牛の首玉にかみつくと、自分が死ぬまで離さないので、牛の方が負けてしまいます。「ブルドッグ」とは「うしいぬ」ということです。おそろしく喧嘩ずきなので、番犬にいいのですが、人間でいうと「おひとよし」で、犬を見ると必ず喧嘩をしかけるくせに、人間にはやさしく、人なつこいので、番犬でありながら、泥棒にじやれついたりして、時々しくじることがあります。

ブルテリアというのは、このブルにテリアという犬の種のまじつた犬で、テリアはたいへんかしこいたちですから、ブルとこの犬のあいの子は強くてかしこいのです。テリアは小さいりこうな犬で、愛玩犬といつて、子供たちの遊び友だちとしてかわれる犬です。西洋では犬はみんな家の中でかつていますが、日本で家の中でかうのは、このテリアと、むかしからかわれていた狆ぐらいのものでしよう。

日本犬は、土佐犬と、秋田犬が有名ですが、いずれもからだの大きい、力の強い犬で、よく信州のような山国で、人力車を曳いたりしています。人力車の真棒に帯がつるしてあつて、その帯に首をつつこんで肩で車を押すのですが、車夫が車をひき出すと、とんで来て自分で車の下の帯に首をつつこんで押します。

以上にいつたのは、みな私のところにいた犬の種類で、この外にいろ〳〵な種類がありますが、日本で普通に飼われているのは右の種類です。

その後シェファードというドイツ種の犬が軍用犬として輸入されたので、普通の家にもかなり飼われるようになりましたが、私はその犬が嫌いでした。狼の血すじを引いている犬で、イギリス人はこの犬をアルサシアン・ウルフドッグ（アルサスの狼《おおかみ》犬）といっています。満洲の荒野で私はその犬のような狼を見たこともありました。たいへん鼻がきくので、隠れている敵をさがすのに使われます。自分が一番強いといわないばかりの威かく的の面相をして、人間でいうと、礼儀を知らない武士のような感じのする犬です。どうものブルドッグでも間のぬけた力士のような顔をして、かわいゝところがありますが、シェファードにはそんなかわいゝところは毛すじほどもありません。平和ずきのイギリス人はこの犬をすかないので、イギリスにはほとんどいません。イギリスの普通の犬の本にはこの犬のことはでていません。ポインターやセッターは、顔つきといい、身体つきといい、平和的で、優美な姿をしていて、人間なら文化人といったかっこうですが、シェファードは前線に出た兵士のようにきんちょうしていて、ちっとも温かみがありません。だから私は子をもつ親によくそういいました。「子どもを軍人にしようと思う親は別として、子どもにシェファードを飼わせるのはどうかと思います。」

セント・バーナードという、小牛ほどある毛の長い犬がありますが、イギリスなどではこの犬によく子どもの守りをさせます。この犬は子どもがあぶない目にあうと、着物をくわえて助けます。子どもが川に落ちるとすぐとびこんで救いあげます。子どもと遊ぶのがすきで、まことに気だちのいい犬です。子どもの友だちとしてはそういう犬がいいのです。

その犬は私のところにはいませんでしたが、私は東京の東中野に住むようになつてから、那須の松方農場の羊を飼う犬でアイリッシュ・コリーという種の、これも毛の長い、小牛ほどある犬を、あの山のぼりの松方三郎さんがつれてきてくれました。大へんりこうであいきようのある犬で、自分のすきな人を見ると、右手を出して握手を求めるのでした。

私はそのトチ——栃木県の農場にいたのでそういう名でした——を相手にしているうちに、私が小犬に教えていたチンチンを覚えたが、身体が大きいので、チンチンするとその頭が、立つている少年の頭と同じ高さです。私は「チンチンは小さい犬のすることで、大きいからだでは見つともないからよしなさい」といつていたので、私にはあまりして見せなかつたが、ある時、仲のいい家の猫と遊んでいるうち、猫が屋根に上つてしまつたので、トチはしきりに梯子をさがしたが相にくなくて上れないでまご〱していました。（私はこの犬に梯子のりを教えてあつたのです。）猫は屋根の上で、「ここまでおいで」とでもいうように、トチにからかつていました。すると、トチは下でしきりに猫にチンチンをして見せました。「下りておいで」といつているようなかつこうなので、それを見たお客さんは大笑いでした。

うちの犬は、東中野でも、庭全体を金網でかこつて、そこに離しがいにしてあつたのですが、それでも外に行きたがりますから、時々代る〳〵運動につれ出します。芦屋では五六匹の犬を首輪のところで、ひもでつないで、一本の紐におおぜいの犬がすゞなりにつながつているのを連れて歩きました。人通りのない松林の中を行くときは、私の手から紐をはなして、勝手に遊ばせます。時々右と左に犬がわかれて、そのまん中を松のみきに引つかけて、両方でぐん〳〵引つぱりあいをすることもあります。松のみきならいいのですが、ある時、勢いよく横列で走つていつて、向うをあるいて行く近所のおじいさんの足に後から紐を引つかけたので、おじいさんはあおむけに倒れました。いつまでもおき上らないので、私はきぜつしたのじやないかと、あわてて走つて行つて見たら、おじいさんはあおむけにねたまゝ目をぱちくりさせているのです。私が「どうかしましたか」と声をかけると、おじいさんはねたまゝで「私はいつたいどうして倒れたのでしよう」というのでした。いきなりたいへんな勢いでうしろから足をすくわれて、犬はすぐ遠くへ走つていつてしまつたので、おじいさんはどうして自分がたおれたのかわからなかつたのです。
　私の犬たちは、私が「走つて」といわなければ、みんな私のあとについてあるくように
ならしてあります。これは一匹ずつつれてあるいて、前の方へかけだした時に、「あとへ」
と声をかけて、手まねでうしろの方をさすと、犬はたち止つて、私の手さきを見ます。私
はいそいで犬を追いこして、「あとへ」といいながら、手をしきりにうしろの方へうごか
して見せるのです。そういうことをくり返しくり返しやつているうちに、犬は私のあとへ
ついてあるくようになります。
　遠くの方にいて、私の近づいて行くのを見ながら、先の方へかけだそうとした時には、
左の手を高くあげて見せるのです。これがダウンの合図なので、犬は私の声のきこえない
遠いところにいても、それが見えさえすれば、そこですわつてしまいます。そこで私が手
にもつている紐をふつて見せると、かけて来て、そばに来て、首をもちあげて、首輪にひ
もをつけられるのをまつています。
　芦屋の家には鳩もかつていましたが、その鳩を追いかける癖のあるペチとよんでいた犬
がいまして、私はその癖をなおそうとしましたが、なおりませんでした。しかたなしに、
知人であつた、神戸近くの灘で訓練所を開いている田丸亭之助という有名な訓練家にたの

んだのでした。二三日たつて帰つて来た時には、鳩がそばへ近づくと、ペチの方がよけてしまうのです。これはきびしい訓練でたゝきなおされたのです。だから訓練家は、犬の主人のいる前では訓練はしません。どうしても鞭でうたれなければならないような癖もあるのですから、鞭も必要です。人間でもそんなのがいるのですから、犬ではむりもありません。

いつたい純良種といつて、まじりけのない種の犬はよく訓練されます。雑種というのは、いろ〳〵の種類の犬のたねのまじつた駄犬《だいぬ》で、これはどうもいけません。それはバカだからではないので、りこうだからです。犬の純良種は、前にいつたように、もちまえの性質がきまつていて、することのかたちがちやんとできています。それは学問上のことばで「本能」といわれているもので、その本能をうまくつかつて教えるとすぐと覚えるのです。ところが雑種の駄犬は、純粋の種でない上に野ばなしでそだつたので、いろ〳〵のあぶない目にあつたり、いじのわるい子どもたちや、ずるい大人たちにいじめられたり、だまされたりしたので、正しい本能がゆがめられてしまつて、ちようどそだちの悪い少年少女のように、わるずれがして、わるがしこくなつているのです。それで主人によばれても来なかつたり、つかまえようとするとにげてしまつたり、人のいないときは、台どころへ上つて魚や肉をぬすんだり、いろ〳〵よくないことをするのです。

こんな雑種犬を、子どもなどにかわせていると、その子どもまでが、駄犬のようないけない性質になります。また正しい種の、たちのいい犬でも、わるい性質の子どもにかわれていると、必ず性質のよくない犬になります。だからどんな家庭でも、そのような駄犬はかわないようにしないといけません。たちのいい犬をたちのわるい子どもにかわせるのもいけません。犬の性質をだいなしにしてしまいます。もしたちのよかつた犬をかつているうちに、だん〳〵たちのわるい犬にかわつたら、それはきつと子供たちがいじのわるいまねをしたせいです。「おいで、あげるよ」といつてお菓子などを見せて、犬がそばへ来ると、「ベイ」といつて、自分がたべて犬にやらなかつたりする子供がよくありますが、そんなことをして見せると、犬はもう人間を信用しなくなつて、人間のいうことをきかなくなります。もし子供がそんなまねをしたら、おかあさんはきびしく子どもをしかつて、犬には、子供の約束したとおりお菓子をやらないといけません。そうして子供には、たとえ動物にたいしてもウソをついてはいけないことを教え、犬には人間は決してウソはつかないから、信用してまちがいはないということを教えるのです。それではじめて子供と犬が正しく教育されるのです。

いつたい日本人は、動物にたいしては、人間をあつかうようにあつかわなくてもいいように思つています。子供が罪もない蛙に石をぶつけているのを見ても、しかる大人が少い。人に害をしない蛙に石をぶつけるのは、往来の人に石をぶつけるのを見ても、いけないことにきまつているのに、相手が蛙だからかまわないというのはずいぶん乱暴なはなしです。

犬も、ですから日本のはどうも性質がよくないのが多い。人間にいじのわるいあつかいをうければ、犬だつてわるくなります。でもまだ犬の方がましで、人間はウソをつきますが、犬はウソをつくことができません。人間も子どものうちは大人ほどウソはつかないが、しかしいけないことをついやつたときに「私がしたのじやない」などとウソをつく子どもはよくあるので、ジョージ・ワシントンが子どものころ、木をきり倒したのを、誰れがしたときかれて、「私が切りました」といつたのが、しようじきな子どもの話として伝わつているくらいです。

犬は子どもほどもウソをつくことを知らないのです。たちのいい犬は、わるいことをしようとしているわけでもなく、たゞ肉の皿などのそばに坐つている時主人が来ると、首をちゞめてすくんで見せます。わるいことはしませんといつているのです。駄犬だとわるいことをしたらもちろん、するまえでも大急ぎで逃げだします。どつちもウソがつけないからです。

犬を訓練するのに、ウソをついたら、犬はどんなことでも決して覚えません。私の家の犬はみんなよく人のいうことをきいて、まるで人間のことばをききわけるようでしたが、そのようにならすには、人間の方がちよつとでもウソをつかないようにしなければなりません。

東中野の犬舎は、二メートルあまりの高い台の上にあつて梯子がかけてありました。その東中野のうちにいた犬の一匹にエヤーデール・テリアというイギリス種の犬がいました。エヤーデール谷という地方から出ている犬です。前のトチが死んで、その名をついだ、これと同種の二代目も死んで、三代目ですが、この犬は、私が、「裏へ廻つて」というと、家を半廻りして裏庭に行きます。また裏にいるとき、「表へ廻つて小舎へ上つて待つておいで」というと、表庭へ廻つて、高い犬舎に上つて、そこで待つているのです。

これを教えるのは、始めは「裏へ廻つて」というと同時に、私自身が家の裏庭の縁にゆくのです。すると犬は、私の姿を追つかけて裏庭へ廻つて行きます。そこでまた「表へ廻つて」といつて、私が表庭の縁に行くと、犬も大急ぎに表庭に廻ります。それをいくたびも毎日々々くりかえしているうちに、私が「裏へ廻れ」といえば、先にそつちに行くようになります。「小舎に上つて待つておいで」といつてその通りするのは、梯子のりを教えながら、「小舎へ上つて」とくりかえしていうのです。ようやく上れるようになつて小舎に上ると、すぐ下りて来ようとしますから、その時「待つておいで」といつて、おさえるような手つきをして止めるのです。そうしてさらに「下りておいで」といつて、まねくような手をして見せると下りて来ます。それをくりかえしているうちに、「お上り」といえば上り、「そこにおいで」といえば小舎にいて、「下りて」というと下りてくるようになります。そしてしまいには「上つて下りるの」または「下りて上るの」というと、その通りに上つたり下りたりするようになります。

このトチは、高飛びで四尺ぐらい飛びました。訓練所でそだつた犬は六尺も飛ぶのがありますが、みなその高さの板べいを飛びこえるのです。私は人間の高飛びと同じく、綱を張つて飛ばせました。はじめのうちは低い高さで私もいつしよに飛んで、だん〳〵綱を高くするのです。

犬はたいへんよく人の顔色を見て、その人の心もちを察しる本能があります。綱がだん〳〵高くなると、「飛んで」といわれたとき、ついその下をくゞることがあります。その時は私がちよつとにらむような顔をして見せるのです。するとトチは、綱をはつてある柱の外を廻つて、もとの所へ来て、飛びなおします。私の顔色で、綱の下をくゞるのはいけないことを知つたのです。

むかしの日本の家庭では、子供が茶の間などで行儀のわるいすわり方をしていると、母おやがちよつとにらむような顔をして見せました。すると子供はすわりなおします。しかしそういうふうにちよつとにらんだだけで、子供がいずまいをなおすようになるには、ふだん母おやをはじめ年うえの人たちが、ちやんとしていなければなりません。みんながだらしなくしていては、子供をにらんでも、子供はどんなかつこうをしていいのかわからないから、すわりなおすことはできません。

犬をあつかうにもそのとおりで、こつちがでたらめのことをいつたりしたりしていては、犬は決していうことをきくようにはなりません。きかないのではない、きこうとしてもけんとうがつかないのです。それで私たちは本気で犬を教えていると、かえつて自分の日常の行いが規律正しくなります。

よく犬をたべものでならしますが、あれはいけません。たべものにつられて、犬はいうことをきくようになりましても、あれはたべものがほしくてやつているのだと思うと、こちらがいやな気がします。人間でもそんな人間はけいべつされます。犬でも私たちの友だちだと思うと、たべものにつられて動くような犬は友だちとしたくはありません。

訓練所でも、ごく特別の場合のほか、たべもので教えることはしません。夜なかの定まつた時間に、必ず邸内を廻らせるようにならそうとする時は、その時間ごとに、人間が邸内の通りみちのところどころに、ビスケットのようなものをまいて、犬を放します。すると犬は、そのたべものを求めてまわつてあるきます。くりかえし〳〵それをしているうちに、そのくせがついて、もうたべものがなくとも、犬は自分からきまつた時間にあるくようになります。これは例外で、普通はおちているたべものを拾つてたべないように訓練されるのです。時間はずれに与えられたたべものは、たべないように教えられている犬もあります。

動物一般のことですが、犬はことに時間の感覚が発達していて、一たん覚えた時間は正確に守ります。私の犬たちは、三時ごろになると、私の書斎の縁さきにきて、内をのぞきます。ことにトチが一ばん正しくその時間に来ました。それは私が、三時ごろには必ず庭に出るからでした。しかしたまには、書きものや読みものの都合で出られない時もありますが、そういう時にはトチは、私の様子を見てそれを察して、ちよつとショゲた顔して、向うに行つて、しばらくするとまた来ます。それを見ると私は気の毒になつて、とにかくちよつとでも庭に下りるのです。そういうことで私自身の生活が、しぜんに規律的になります。犬が書斎の縁さきに来ると「三時だな」と思つて、私はひとやすみするのです。

その時私は、ちよつと犬と遊んでから、弓をひくのですが、たくさんの犬のいたころは、弓をひく時には、狭い囲いうちに犬を入れましたが、戦争が近づいたころは、トチだけになつていたので、放したまゝでした。東中野は芦屋の山の中とちがつて、隣が近く、時々たくさんの犬が吠えるので近所迷惑だろうと思つているうち、山の中と違つて、ヒラリヤという寄生虫に冒される犬が多く、そのころはヒラリヤはほとんど療法がなかつたので、私の犬もつぎ〳〵に死んでいつて、戦争の近いころには、トチ一匹になつてしまつたのです。

トチは、私が弓をひいている間は、はなれたところにすわつて見ていて、決して矢の通るみちに近よりません。これも初め私が両手で弓を高くあげて構えた時に、矢みちに入りかけたのを、コラといつて止めて、すぐ矢を放つと、その矢の風をきる音に、トチはあとずさりしましたが、それきり二度とそれをくりかえすこともなくて、トチは、私が弓をもちだすと、はなれたところにすわつて見ているようになりました。

このトチに、たゞ一つ悪い癖がありました。客が応接間の縁に出ると、やつて来て、近く寄つてジッとその人の顔をみていますが、その時お客がトチの頭をなでようとすると、たいていは、なでさせるが、どうかすると、ワンともいわずに、そのお客の手に噛みつくことがあるのです。おどかしですが、たまには血のでるまで噛むこともあります。そんなことはめつたにないのですが、こちらではどういうお客に噛みつくのかわからないのでゆだんができません。

このくせをなおそうとして苦心しましたが、その方法がないのです。お客が手を出した時に、もしトチがかみつきそうな様子をしたら、すぐと私が「コラ」といえば、きつとそれがなおるのですが、その練習に、お客さんの手をかりるわけにもゆかず、うちのものの手では、かみつこうとはしないので、練習用にならないのです。だいたんなお客の手をかりてやつて見たこともありますが、そういうお客の手は決してかもうとはしないのです。

おそらくトチは、自分に疑いをもつたり、自分をきらつている人の顔を察して、そういう人にだけ噛みつくのでしょうが、どのお客さんがそういう人だかわからないので、練習用にその手をかりることもできません。

で、けつきよくこの悪癖はなおせないので、応接間の外に柵をつくつて、お客が犬にさわることができないようにしました。

うちへしじゆうくるお客さんたちには、トチはいいお友達でしたが、その人たちも、トチのこの癖だけは非難しました。しかし私は、いうのでした。

「これは人間の方にもいけないことがある。嚙まれる人は、トチをこわがつたり、きらつたりしながら、主人へのおせじのつもりで、トチに手をだすのだろうが、犬の方は正直で、そんな人間が自分に手をだしたらどんなことをするか知れないと思うので嚙みつくのだ。だからトチは人間に、『心のうちとちがつたことをいつたりしたりするものではない、イヤな犬だと思つたら頭をなでるまねなどしない方がいい、つまりいつわりのことばや行いをしてはいけない』ということを教えているのだ。」

私がトチの愛におぼれて、あばたもえくぼで、トチを買いかぶつているのだという人もありましたが、長い年つき、犬を手がけてきた私は、そんなふうに、犬を弁護して人間を非難しないわけにいかないのでした。

私は始めから終りまで、犬の愛におぼれたことはなかつたつもりです。私は犬の我まゝを許しませんでした。人間の秩序に反《そむ》いたときは、犬だからといつて容赦しないのです。ぶつたりたゝいたりはしませんし、またたべものをへらすようなこともしません。たゞそういうときには、その犬をかわいがつてやらないだけのことです。一しよに連れて歩くこともしてやらず、あいきようをうりにじやれついて来ても、こちらは知らん顔をしているのです。

私の犬たちはたべものを盗むようなこともせず、座敷に上ることもせず、ほとんど悪いことはしませんでしたが、時々いうことをきかないことがあります。トチはそんなことはなかつたが、はなして運動につれてでると、いつの間にか家に帰つてしまう癖のある犬がいました。その犬は、私が家に帰つて来た時には喜んでそばに来ますが、私は知らん顔していているのです。ことばをかけられるだろうと、私の顔をジッと見ますが、私はよそをむいてすましているのです。犬は私からそういうあつかいをうけると、大へんショゲて憂うつな顔をします。その犬は私からそういうあつかいを二三度くりかえしてうけたら、もう途中から家へ帰らないようになりました。

私の犬たちは、みな梯子をのぼることを教えられたので、往来に沿つて作つた物置の屋根の上に、犬の居どころを作つて、梯子をかけておくと、犬はそこへ上つて、往来を見おろして警戒しているのです。それはよかつたが、屋根屋が母屋の棟を修繕に来た時、いつものように犬を庭にはなしたところ、二匹の犬が屋根屋の使つた梯子から屋根にのぼつて屋根屋を追いかけたので、屋根屋は逃げ廻りながら悲鳴をあげたのを、うちのものがききつけて、下から犬を呼ぶのですが、下りて来ません。で私が出て、屋根の上でダウンをさせて、その間に屋根屋に下りてこさせたのでした。近所の人たちも屋根の上で、犬が人間を追いまわしているのを見てびつくりしたそうです。

梯子のりはたいていの犬はじきにできるようになります。テリア種の犬は教えなくともかけ上ります。たゞ下りる時に、身体がさかさになるので、ちよつと訓練がいるのです。初めに梯子のうらに板をうつたのを使つて、足をかけやすいようにして下りさせます。トチは上手になつて、梯子がほとんどまつすぐに立つていても、前足を桟にかけて上りました。でも、下りることができないで、上でクンクンいつて人を呼ぶのです。

シェファードに梯子のりを教えると、木にも上るようになりますが、私のところにも木のぼりの上手な犬がいました。仲よしの植木屋がキャタツにのつて松や檜の高い枝をつんでいると、上つていつて、ベロベロ植木屋の顔をなめたりしました。

小石を遠くに投げると、必ずその石をひろつてくる犬もいましたが、さきにいつた田丸さんは、帽子やもち物をあとに遺したときに、犬をやつて取つてこさせるのが得意でした。

しかし、そういう名訓練家も手におえない犬がありました。ジャックという名の大きいブルドッグでしたが、犬を見るとかみついて、かみついたらはなさないので、たいていの犬は殺されてしまうのです。そのジャックを田丸さんは、私にくれたのでした。私は犬たちを仲よしにするのが自慢なのでもらつたのですが、私のところに来た日に、私はちよつと見たばかりで大阪にいつたのでしたが、夕がた帰つてくると、うれしがつて、大きなからだで、ワンワンいつて私に飛びついて、突きはなしても、突きはなしても抱きついて顔をペロペロなめるのです。人間にはすぐとそんなになつきながら、犬にはどうしてもなじまないのです。でこの犬だけはかこいの中に入れられず、外につないでおいても、よその犬を嚙み殺す危険があるので、家の中にかつていました。

私が大阪から帰つてくると、抱きついて私の顔を見つめているのですが、私はそのたびに、ジャックの顔を見ながら、そういつてやるのでした。

「おまえは人間をそんなにもすきなくせに、どうして同類をあんなに憎むのだよ。」

ところが、それから十何年かたつて、第二の世界大戦になつたときに、私は、むかしジャックにいつたことを、人間にそういつてやりたい気がしました。

「おまえたちは動物をあんなにもすきなくせに、どうして同類をそんなに憎むのだよ。」

犬

林芙美子

私の家にはペットと云ふ犬が一匹、もう随分長い間ゐる。立ち上がると私の胸の辺まである大きい赤犬で、ポインターの雑種だが、これでも馴れてくれれば非常に可愛い。コリイでなければ、セハアドでなければなど犬の広告も見るが、これも、その時代の英雄が、セハアドであつたり、コリイであつたりするだけのもので、私には、此駄犬のペットがもう生活の一部になつてしまつてゐる。——此犬は非常に孤独で、友人と云ふものがない。子供が好きで、子供を見ると一散に走つて行く。子供の方で吃驚して泣き出してしまふが、馴れて来ると、毛をむしられても平気でゐる。

犬の神経には、非常にデリカシイがある。私はいつたい、猫だの犬だの見るのも嫌ひだつたのだが、此犬がうちへ来てから、さう厭でもなくなり始めた。

私が鼻歌でもうたつて芝生に寝転がつてゐると、もうまるで狂人のやうによろこんで、私の体にチョッカイを出しに来る。怒った顔をしてつつたつてゐると、こいつも空を見上げて呆《ぼ》んやりつつ立つてゐる。何も芸を知らないが、無理に教へようとも思はない。実に弱味噌で猫に負けて帰つて来る。夜おそく外出先きから帰つて来ると、この犬だけが起きて待つてゐてくれる。くんくん鼻を鳴らして、それは全く新婚の奥さんよりも甘く優しい。私は石段に腰を掛けて長い間此犬の奴と子供のやうな話をする。
私「御飯たべたのかい？」
犬「食べたよ」
私「何をして遊んでたの？」
犬「畳屋さんと遊んだよ」
　犬も私も対話が出来るのだ。畳屋さんと遊んだ証拠には昆布のやうな黒い畳のふちぎれ、ふちぎれを、自分の巣の中から出して来て私に見せる。私は暫く此ふちぎれを力いつぱい引つぱつてやる。すると、犬の情熱が一刻々々高ぶつて行つて実に物凄く唸り出す。犬にとつては楽しい遊びなのだらう。
　又、此犬は、夜番の提灯が好きで、夜番のカチカチが聞えると、道に這ふ灯影をしたつて走つて行く。夜番も気丈夫なのだらう、此犬を可愛がつてくれてゐる。
　チエホフの「燈火」の中かなにかに、夜風の強い晩、飼ひ犬がおびえて何時《いつ》までもないてゐるところの描写があつたが、非常に心に残つてゐる。あまり長い間バアオバアオなくので、鉄道技師か何かの飼ひ主が何度も戸外へ出てみるのだが、何も変つた事がなくて、只、犬が淋しくて吠えてゐたと云ふ風なものだが、犬の淋しがる事は人間よりシンケンだ。雪の晩や雨の晩などは少しも吠えないで、風の強い晩や、月のいゝ夜など何か侘しいらしい。出て行つて頭をコツンと叩いてやると、尻尾をまるでちぎれるやうに振る。

犬の習性と云ふものは面白いものだ。家族と一緒に何も彼も同じものを与へるのだが、散歩に連れて行くと塵芥箱にかならず首をつつこんで何か探す。別にとがめだてはしないが、これは少々飼ひ主にこたへる事で、散歩も早くきりあげて来る。

此頃、川端康成氏の御紹介で「みゝづく」を一羽買つた。部屋の中に何か別な愛玩物が出来た事を此犬はさつしてしまつたのか、二三日ぶらりと家を出てしまつた。警察へ行つたり何かして心配してゐると、首に固く針金を巻かれて帰つて来た。まるで骨と皮で、針金が巻いてあるので、何を食べさせても、もどしてしまふ。きつと、赤犬なので誰かしめ殺して食べるつもりだつたのだらう。針金が網の目のやうに巻いてあるので切るのに大骨折りであつた。——此様な犬にも嫉妬の気持ちがあるのだらう。

みゝづくを、犬のそばへ持つて行つてやると、それでも主人のものだからと思つてゐるのだらうか侘しさうな顔をして只通り過ぎて行く。みゝづくは、小鳥たちと違つて、実にオウヤウで、「ププやア」と云へば「ボオウ」と答へる。こんな生きものを飼ひ出したら、仕方がなくなると、思ひながらも、淋しいので、つい、何時か口癖になつて、「ププや、ペットや」と云つてゐる。老人が時々一人ごとに、自分の死んだ子供や孫の名なんどを呼んでゐるのを、よく嗤つた事があつたが、あんな淋しさと一脈通じたものがあるのだらう。

みゝづくと云ふ小鳥も実に孤独な奴で、陽がある間中呆んやりしてゐる。夜になると、活気づいて、羽根をバタバタやつたり、「バオウ！」と何度か啼く事があるが、小鳥のやうにせつかちではない。私は物好きにみゝづくの出て来る詩や小説を貧しい蔵書の中に探してみたのだが、みあたらなかつた。——外国にもみゝづくはきつとゐるには違ひないのだが、仏蘭西《フランス》に居る間も英国に居る間も、此様な鳥の事を気にもかけてみなかつた。子供の物語りのイソップの中にみゝづくの出て来る場面があつたが、外国にも居る鳥なんだらうか。

夜の鳥は陰性だと云ふが、うちで飼つたみゝづくは、まことに素直で「ププや」と云へば「ボオウ」と答へる。

五日目ごとに陽に出して水をかけてやると犬の奴もそばに寝転がつてぢつと見てゐる。私にとつては何も彼もなくなつた、実に楽しい一瞬だ。

ゆっくり犬の冒険——距離を置くの巻

クラフト・エヴィング商會

ごめんください。
わたくし、ゆっくり犬と
申しまして、
しがない番犬であります。

じつは、正式な名前も
あるのですが、
まぁ、なんといいましょうか
………

男には秘密のひとつも
ないといけませんからな。

しかし、まあ、
昨今の犬は、
どうも、はしゃぎすぎで
いかんですな。

この本に登場する
昔の犬たちの、なんと
けなげで、寡黙で、
骨太でありましたことか。

犬だけではありませんぞ。
犬を取り囲む空気が、
いまとは違うんですなぁ。

昔は、
距離を置く関係というものを
大切にしていたんですな。

つまり、
「適当」ということを
よくわきまえて
おったわけです。

喜ぶということ、
怒るということ、
悲しむということ、
楽しむということ、

笑うということ、
嬉しいということ、
憎むということ、
愛すること、

それに、
おいしいものを
食べるしあわせ。

どのくらいが「適当」なのか、
皆、わきまえて
おったんですなぁ。

男は黙って
耐えねばならんのですぞ。

切ないですなぁ。

でも——

こうして、
鏡に自分を映して
見ますれば、

姿かたちは、昔と何ひとつ
変わっていないんですなぁ。

知らないうちに、
受け継がれてきたものが
あるんですなぁ。

それを、まぁ、
ゆっくりと伝えてゆければ
いいですなぁ。

著者紹介

阿部知二（あべ　ともじ）
明治三十六（一九〇三）～昭和四十八（一九七三）年、岡山県生まれ。小説家、評論家、英文学者。幼少を島根県の一村で過ごし、自然の美に目覚める。東大英文科在学中、短編『化生《けしょう》』を発表、大学院在籍中『日独対抗競技』を発表し、新興芸術派の新人として文壇に登場した。後に本格的に英米文学の研究をはじめ、評伝、翻訳をまとめた。東北大英文科講師、上海《シャンハイ》聖約翰《じつげつ》（St.John's）大学講師を経て昭和二十年に帰国。著書に『冬の宿』『ヨーロッパ紀行』『日月の窓』など多数。

網野　菊（あみの　きく）
明治三十三（一九〇〇）～昭和五十三（一九七八）年、東京市生まれ。小説家。早大露文科聴講生のとき知り合った湯浅芳子とともに志賀直哉を訪ね、生涯の師とする。志賀に勧められ、『家』『光子』を発表。『金の棺《ひつぎ》』で鎌倉文庫の女流文学賞、短編集『さくらの花』で第一回女流文学賞と芸術選奨とを受けた。昭和四十二年、『一期一会』で読売文学賞受賞、同年に芸術院賞も受賞した。四十四年、芸術院会員となり全集も刊行された。『ゆれる葦』など著書多数。

伊藤　整（いとう　せい）
明治三十八（一九〇五）～昭和四十四（一九六九）年、北海道生まれ。小説家、評論家。大正十

五年、処女詩集『雪明りの路』を刊行したが、昭和三年、東京商科大本科入学、翌年批評雑誌「文芸レビュー」を創刊し、処女小説『飛躍の型』を書いて小説に転じた。二十五年『チャタレイ夫人の恋人』の完訳でわいせつ文書頒布の疑いで起訴され、「チャタレイ裁判」の渦中の人となるが、根強い法廷論争に人間的鍛錬を加え、一躍人気作家となる。評論に『女性に関する十二章』『小説の方法』、小説に『火の鳥』『氾濫』『変容』など著書多数。

川端康成（かわばた　やすなり）

明治三十二（一八九九）〜昭和四十七（一九七二）年、大阪府生まれ。小説家。十六歳までに父母、姉、祖父母を亡くし、孤独な時代を送る。大正九年東大英文科に入学、翌年国文科に移り「新思潮」を発刊、菊池寛らの激賞を受けて新感覚派の代表作家となる。昭和三十四年国際ペンのゲーテ・メダル、三十五年フランスの芸術文化勲章、三十六年文化勲章を受章。四十三年、日本人初のノーベル文学賞を受賞。四十七年、ガス自殺。著書に『伊豆の踊子』『雪国』『山の音』など多数。

幸田　文（こうだ　あや）

明治三十七（一九〇四）〜平成二（一九九〇）年、東京市生まれ。小説家、随筆家。昭和二十二年、小説家の父露伴の追悼記『葬送の記』を発表して注目される。優れた文章家として認められるとともに、重要な資料を編纂、刊行して露伴研究に大きく寄与した。二十九年『黒い裾』で読売文学賞、三十年『流れる』で新潮社文学賞、芸術院賞を受賞。著書に『おとうと』など多数。

志賀直哉（しが　なおや）

明治十六（一八八三）〜昭和四十六（一九七一）年、宮城県生まれ。小説家。明治三十九年、東大英文科に入学した頃から小説家を志す。四十一年、処女小説『或る朝』、『網走まで』などを創作、発表。四十四年、大学を中退し、有島武郎、武者小路実篤らと同人雑誌「白樺」を創刊して、文学者としての生涯を確立した。昭和二十四年文化勲章を受章。長編小説に『暗夜行路』、短編小説に『城の崎にて』『灰色の月』など、著書多数。

徳川夢聲（とくがわ　むせい）

明治二十七（一八九四）〜昭和四十六（一九七一）年、島根県生まれ。映画弁士、漫談家、俳優。東京府立一中卒業後、大正二年、活動写真弁士となり、独特の語り口で人気を集める。トーキーの出現後は漫談家また俳優として活躍し、戦後はラジオからテレビに進出。昭和二十五年にＮＨＫ放送文化賞、二十九年に菊池寛賞、三十二年紫綬褒章を受ける。著書に『夢声戦争日記』『親馬鹿十年』『明治は遠くなりにけり』など。

長谷川如是閑（はせがわ　にょぜかん）
明治八年（一八七五）～昭和四十四（一九六九）年、東京府生まれ。評論家。九歳で『論語』『孟子』を素読、父の知友であった坪内逍遥の私塾に預けられる。東京法学院予科で代言人（弁護士）となる修業を積んだ。明治三十一年胡恋の名で処女短編『ふたすじ道』を発表し激賞される。三十五年新聞「日本」に入社、四十一年大阪朝日新聞に入社、四十三年に渡英し、紀行文『倫敦《ロンドン》』を連載した。敗戦後貴族院議員、教育制度審議会委員となり、昭和二十二年、芸術院会員、二十三年文化勲章受章。著書に『額の男』『ある心の自叙伝』『日本的性格』などがある。

林芙美子（はやし　ふみこ）
明治三十六（一九〇三）～昭和二十六（一九五一）年、山口県生まれ。小説家。母キクとともに、長崎、尾道などを転々とする。大正十一年、愛人岡野軍一を頼って上京するが失恋、関東大震災が起こり四国に逃れ、十三年に再び上京。平林たい子らと出会い、売文の道をひらくために助け合う。昭和二年、手塚緑敏と結婚して創作に打ちこむ。五年に『放浪記』が出版されベストセラーとなる。満州、中国を旅行し、六年『清貧の書』を発表。ヨーロッパ遊学などを経て、その後つねに女流作家の第一線で活躍したが、二十六年心臓麻痺で急死した。『晩菊』『浮雲』など著書多数。

クラフト・エヴィング商會　Craft Ebbing & Co.

吉田浩美、吉田篤弘による制作ユニット。著書に『どこかにいってしまったものたち』『クラウド・コレクター／雲をつかむような話』『らくだこぶ書房21世紀古書目録』『ないもの、あります』『すぐそこの遠い場所』『テーブルの上のファーブル』『じつは、わたくしこういうものです』『アナ・トレントの鞄』『おかしな本棚』『注文の多い注文書』（小川洋子との共著）『星を賣る店』の他、吉田浩美・著『a piece of cake』、吉田篤弘・著『フィンガーボウルの話のつづき』『つむじ風食堂の夜』『針がとぶ』『それからはスープのことばかり考えて暮らした』『百鼠』『空ばかり見ていた』『78ナナハチ』『小さな男＊静かな声』『圏外へ』『水晶萬年筆』『モナ・リザの背中』などがある。著作の他に、装幀デザインを手がけ、２００１年、講談社出版文化賞・ブックデザイン賞を受賞。

ちなみに本書『犬』は、クラフト・エヴィング商會・犬派代表・吉田篤弘が担当しました。姉妹本『猫』は、クラフト・エヴィング商會・猫派代表・吉田浩美が担当しています。また、本書に登場した「ゆっくり犬」氏のプロフィールは次のとおりです。

ゆっくり犬《いぬ》　Slow Dog

正式な名前は秘密。あわただしい世の中で昔ながらのゆったりした「間」と、ごく普通の平凡を愛する。クラフト・エヴィング商會関係の著作では『a piece of cake』と『テーブルの上のファーブル』で、その活躍を確認できる。また、小さな本をのんびりつくる出版社「ゆっくり犬書房」のトレードマークにして番犬でもある。

本書は単行本『犬』（一九五四年　中央公論社刊）を底本とし、新たにクラフト・エヴィング商會の創作・デザインを加えて再編集した『犬』（二〇〇四年　中央公論新社刊）を文庫化したものです。

本書には、今日の権利意識に照らして、不適切な語句や表現がありますが、著作者が物故しており、当時の時代背景と作品の文化的価値に鑑みて、原文のまま掲載いたしました。

中公文庫

犬《いぬ》

2009年12月25日　初版発行
2021年４月５日　３刷発行

著　者　阿部《あべ》 知二《ともじ》／網野《あみの》 菊《きく》／伊藤《いとう》 整《せい》
川端《かわばた》 康成《やすなり》／幸田《こうだ》 文《あや》／志賀《しが》 直哉《なおや》
徳川《とくがわ》 夢聲《むせい》／長谷川《はせがわ》如是閑《にょぜかん》
林《はやし》 芙美子《ふみこ》
クラフト・エヴィング商會《しょうかい》

発行者　松田 陽三

発行所　中央公論新社
〒100-8152　東京都千代田区大手町1-7-1
電話　販売 03-5299-1730　編集 03-5299-1890
URL http://www.chuko.co.jp/

DTP　石田香織
印　刷　精興社（本文）
三晃印刷（カバー）
製　本　小泉製本

Published by CHUOKORON-SHINSHA, INC.
Printed in Japan　ISBN978-4-12-205244-4 C1195

定価はカバーに表示してあります。落丁本・乱丁本はお手数ですが小社販売部宛お送り下さい。送料小社負担にてお取り替えいたします。

中公文庫既刊より

各書目の下段の数字はISBNコードです。978－4－12が省略してあります。

く-20-1 **猫** クラフト・エヴィング商會／井伏鱒二／谷崎潤一郎 他
猫と暮らし、猫を愛した作家たちが思い思いに綴った珠玉の短篇集が、半世紀ぶりに生まれかわる。ゆったり流れる時間のなかで、人と動物のふれあいが浮かび上がる、贅沢な一冊。
205228-4

よ-39-1 **それからはスープのことばかり考えて暮らした** 吉田篤弘
路面電車が走る町に越して来た青年が出会う、愛すべき人々。いくつもの人生がとけあった「名前のないスープ」をめぐる、ささやかであたたかい物語。
205198-0

よ-39-2 **水晶萬年筆** 吉田篤弘
アルファベットのSと〈水読み〉に導かれ、物語を探す物書き。繁茂する道草に迷い込んだ師匠と助手――人々がすれ違う十字路で物語がはじまる。きらめく六篇の物語。
205339-7

よ-39-3 **小さな男＊静かな声** 吉田篤弘
百貨店に勤めながら百科事典の執筆に勤しむ〈小さな男〉。ラジオのパーソナリティの〈静香〉。ささやかな日々のいとおしさが伝わる物語。〈解説〉重松 清
205564-3

よ-39-4 **針がとぶ Goodbye Porkpie Hat** 吉田篤弘
伯母が遺したLPの小さなキズ。針がとぶ一瞬の空白に、どこかで出会ったなつかしい人の記憶が降りてくる。響き合う七つのストーリー。〈解説〉小川洋子
205871-2

よ-39-5 **モナ・リザの背中** 吉田篤弘
美術館に出かけた曇天先生。ダ・ヴィンチの『受胎告知』の前に立つや、画面右隅の暗がりへ引き込まれ……。さぁ、絵の中をさすらう摩訶不思議な冒険へ！
206350-1

よ-39-6 **レインコートを着た犬** 吉田篤弘
〈月舟シネマ〉の看板犬ジャンゴは、「犬だって笑いたい」と密かに期している。小さな映画館と、十字路に立つ食堂を舞台に繰り広げられる雨と希望の物語。
206587-1

各書目の下段の数字はISBNコードです。978-4-12が省略してあります。

た-77-1	シュレディンガーの哲学する猫	竹内薫／竹内さなみ	サルトル、ウィトゲンシュタイン、ハイデガー、小林秀雄――古今東西の哲人たちの核心を紹介。時空を旅する猫とでかける、「究極の知」への冒険ファンタジー。	205076-1
お-51-5	ミーナの行進	小川洋子	美しくて、かよわくて、本を愛したミーナ。あなたとの思い出は、損なわれることがない――懐かしい時代に育まれた、ふたりの少女と、家族の物語。谷崎潤一郎賞受賞作。	205158-4
か-57-2	神様	川上弘美	四季おりおりに現れる不思議な生き物たちとのふれあいと別れを描く、うららでせつない九つの物語。ドゥ・マゴ文学賞、紫式部文学賞受賞。	203905-6
て-11-1	架空の犬と嘘をつく猫	寺地はるな	羽猫家は、みんな「嘘つき」である――。これは、破綻した嘘をつき続けたある家族の素敵な物語。寺地はるなの人気作、遂に文庫化！〈解説〉彩瀬まる	207006-6
あ-74-2	猫の目散歩	浅生ハルミン	吉原・谷中・根津・雑司ヶ谷……。「私の中の猫」に導かれ、猫のいる町、路地を行く。猫目線で見聞を綴る、イラスト入り町歩きエッセイ。〈解説〉嵐山光三郎	206292-4
ふ-49-1	猫がかわいくなかったら	藤谷治	定年まで四年。妻と静かに老いていくだけと考えていた吉岡だったが、近所の老夫婦が入院し、その飼い猫を巡り騒動に巻き込まれる。〈解説〉瀧井朝世	206701-1
ほ-12-15	猫の散歩道	保坂和志	鎌倉で過ごした子ども時代、猫にお正月はあるのか、新入社員の困惑……小説のエッセンスがちりばめられた88篇。海辺の陽光がふりそそぐエッセイ集。	206128-6
ほ-20-2	猫ミス！	新井素子／秋吉理香子／芦沢央／小松エメル／恒川光太郎／菅野雪虫／長岡弘樹／そにしけんじ	気まぐれでミステリアスな〈相棒〉をめぐる豪華執筆陣による全八篇――バラエティ豊かな猫種と人の物語を収録した文庫オリジナルアンソロジー。	206463-8